DAVALÚ
O EL DOLOR

Rafael Argullol

DAVALÚ
O EL DOLOR

Davalú o el dolor
Autor: Rafael Argullol
Composición: Víctor Igual, S.L.

© 2001, Rafael Argullol
© 2001, RBA Libros S.A.
Pérez Galdós, 36 – 08012 Barcelona

Primera edición: noviembre 2001

REF. NFI-24 ISBN: 84-7901-791-0
DEPÓSITO LEGAL: B. 43.002-2001
Impreso por Novagràfik (Barcelona)

«El dolor es lo que importa. La explicación no.
Bien, quiero que él tenga noticia de mi dolor, y no de mis gemidos.
¿Y cómo tiene noticia de mi dolor?»
LUDWIG WITTGENSTEIN

«La piel humana separa el mundo de dos espacios.
El lado del color y el lado del dolor.»
PAUL VALÉRY

I

Dav alu, da va lu: un eco mortecino retumba en mi cabeza mientras permanezco frente a mis vértebras cervicales en la pantalla blanca, iluminada, el día quince de noviembre, a las once y media de la noche, en el servicio de urgencias de la Policlínica, porque hace dos días que, al parecer, una bestia se ha introducido en mi cuerpo.

Observamos con parsimonia el foco de las vértebras. El traumatólogo de urgencia me habla de una compresión del nervio entre las vértebras cinco y seis. Analiza detalladamente lo que ve. Le pido algún tipo de remedio para el viaje que he de emprender mañana a La Habana. Me dice que no hay milagros y, después de una conversación bajo la luz turbulenta de la sala, me receta antiinflamatorios y relajantes musculares. Le pido que me haga una infiltración. Evidentemente, no se atreve.

Recorro los pasillos desiertos, sin camisa, con el frío de la noche. Me visto y salgo de la clínica. La Avenida del Tibidabo está llena de gente que se mueve de un lado a otro, alegre, contenta. Cierto ambiente fantasmagórico propio de un viernes por la noche. La bestia que se ha introducido parece crecer y penetrarme por la raíz del hueso, por el final del cuello, extendiéndose por el trapecio hacia la derecha hasta llegar al hombro.

Un dolor intenso, cada vez más fuerte. Me llega prácticamente hasta el codo. Por arriba penetra hasta la oreja derecha. La mitad del cuello se ha vuelto rígida, de manera que empiezo a caminar tieso. Probablemente es un ataque más de los que he tenido durante los últimos dos años. En definitiva, no debo aplazar el viaje de mañana a La Habana.

A la salida llueve en la Avenida del Tibidabo. Por el asfalto mojado hay grupos de jóvenes que cantan, que gritan. Conduzco con gran dificultad entre ellos. Realmente, cada vez me cuesta más darme la vuelta y orientarme en el caos de la propia inmovilidad.

Tengo una penetrante sensación de humedad, de noche, de lluvia sucia, de destino incierto. Malos augurios para un viaje que se podría aplazar en el último momento; pero no lo haré. Nunca lo he hecho. Nunca se debe mirar atrás. Siempre he creído que ante una disyuntiva hay que optar por lo que ya se había decidido, sobre todo en cuestión de viajes. Por lo tanto, esta misma noche, mientras atravieso la ciudad, ratifico mi intención de viajar mañana a Cuba.

Al llegar a casa, como otras veces, intento hacer una terapia de calor: agua caliente y manta eléctrica. De hecho, el dolor únicamente parece calmarse cuando se quema. Es curioso el tipo de dolor que siento. Cada vez se parece más al dolor agudo, al dolor de muelas o de otitis, es un dolor que atraviesa un hombre derecho. Un dolor que hay que contrarrestar con dolor, de cuajo, y eso produce aún más dolor. Al quemarlo, parece consumirse.

Mi esperanza es que sea una más de las crisis cíclicas y que, después, disminuya. Pero temo que pueda aumentar, liberando determinadas figuras. Mientras estoy estirado en la cama, sobre la manta eléctrica, con el hombro derecho apoyado en la tela que quema, imagino varias figuras que representan insólitamente este dolor creciente.

Son figuras de crustáceos. La de un cangrejo, un cangrejo gigante, que con las patas recorre el hueso y me penetra con sus diversos tentáculos. Tal vez también la imagen de un pulpo, de un pulpo que se pega, que está pegado, un pulpo que estrangula, asfixia el músculo, el nervio, el hueso. Imágenes de algo que muerde, de un escarabajo que muerde. Son imágenes extrañas, todas ellas de animales. Quizá también haya alguna vegetal, algo parecido a una ortiga con espinas. Pero lo más extraño es que, como ya he notado otras veces, el dolor tiene una enorme capacidad de concentrarse egoístamente en un solo punto, en un tramo concreto, en un solo segmento.

Tengo la sensación de estar en un pozo sin fondo, del que no veo el final; un pozo que me permite ver aspectos terribles, oscuros, difíciles de distinguir en la propia vida. Hay, es evidente, una lucidez deslumbrante, siniestra, sórdida en el dolor. Nos damos cuenta de cosas que no percibimos habitualmente. Y, sobre todo, el dolor tiene, en medio de los vicios, la virtud increíble de hacer sentir, con una agudeza extraordinaria, el cuerpo.

Paradójicamente somos mucho más cuerpo a través del dolor. Sin él casi podríamos calificarnos de puro espíritu. Me hacen reír quienes dicen que nunca han sentido el sufrimiento físico, porque es como si hubieran vivido en un espíritu sin cuerpo. El dolor nos hace sentir el cuerpo con una violencia sexual. Una sexualidad distinta de la que nos proporciona la proximidad de la muerte. La muerte nos puede producir, como mecanismo de defensa, una reacción notablemente sensual. El dolor, en cambio, es la imagen misma del orgasmo. Es el orgasmo que tendríamos sin sexualidad previa. La proximidad de la muerte nos lleva a una progresiva sensualidad, a un erotismo ambivalente.

El dolor intenso es un negativo fotográfico del máximo placer que, al mismo tiempo, se transforma en una especie de abismo que no se detiene. Un orgasmo permanente que reúne todas las fuerzas, todas las energías, que acapara el universo.

Ése es el dolor que me persigue esta noche. Doy vueltas en la cama, pero sobre todo trato de quemarme, quemarme. Es importante combatir el dolor con más dolor. Y, al mismo tiempo, empiezo a percibir también la cara grotesca, cómica, seguramente mordaz del dolor. Su clarividencia te lleva a ver el mundo transformado en toda su auténtica monstruosidad, en toda su sinceridad.

Máscaras, disfraces: mientras estoy en la cama, recuerdo lo que han sido estos últimos días, ya aterrorizado por la posibilidad de lo que está pasando. Sobre todo de lo que han sido estas últimas horas, la noche en medio de la fiebre festiva, de la lluvia. Vuelvo a la pantalla y vuelvo a mis vértebras y veo esa pantalla blanca y recuerdo otras pantallas blancas y, no sé por qué, lo asocio con luces llenas de moscas. Esos neones con moscas, ese resplandor blanco con moscas que hay en los rótulos de los bares miserables de carretera.

La fotografía interior de mi cuerpo me hace recordar a Francis Bacon, a quien tanto gustaban las radiografías como modelos. Me recuerda que, efectivamente, hay una historia secreta de la imagen del hombre que traspasa, que atraviesa la piel para ir a la delectación misma del interior. Eso que quizá también hubiera gustado tanto, de haberlo podido ver, a Leonardo da Vinci.

Hay algo profundamente auténtico, profundamente real en todo lo que hay más allá de la piel y de la carne. Una imagen exacta de nosotros mismos. Yo, en estos momentos, soy el nervio que se está destruyendo entre dos vértebras. Soy lo que veía en aquella pantalla, aquella pequeña curvatura del cuello, aquella sombra blanca. Algo difícil de interpretar sin el buen médico. Soy las moscas que asocio a la pantalla, al neón, a los pasillos blancos. Y soy también la constatación, un poco grotesca, de verme a mí mismo, de ver cómo ante esta imagen se hunde toda posibilidad de presunción, de narcisismo.

Me agito en la cama sin poder dormir, pensando en el viaje de mañana. No hay que aplazarlo de ninguna manera. Nunca debemos aplazar un viaje, siempre tenemos que seguir adelante. Seguramente si lo aplazara el resultado sería peor, o al menos eso pienso. Es peor el arrepentimiento que la temeridad.

Me cuesta mucho dormir. Tomo Noctamid, de dos miligramos, pero aun así me cuesta dormir. Me agito y, finalmente, creo que quedo dormido sobre el fuego mismo de la manta. Dolor contra dolor, quemazón contra quemazón, mientras la bestia, así, parece dormirse conmigo. El cangrejo, el pulpo, las moscas se duermen mientras yo me duermo.

II

Día dieciséis de noviembre a las doce de la mañana, aeropuerto de Barcelona: veo los ojos de Ana que se alejan mientras yo subo por la escalera mecánica hacia el control de pasaportes. Definitivamente, tomo la decisión de desafiar a la bestia que crece en mi interior. Da va lu.

El dolor es intenso, pero quizá se ha moderado respecto a la noche anterior. Una vez he entrado en el aparato de Cubana de Aviación empiezan todas las incomodidades propias de un viaje de este tipo. Los asientos que había reservado ya estaban ocupados por pasajeros procedentes de Santiago de Compostela. El avión, prácticamente derruido, es viejísimo, estrecho, está lleno de gente. La tripulación también está en consonancia con el aparato. Es anárquica. Tardan mucho en acomodar a los pasajeros. El aparato parece sucio, ya desde un buen principio, como si hubiera dado varias vueltas al mundo. El sitio es estrechísimo. Aun así, estoy de suerte porque el asiento de al lado parece que va a quedar vacío. Al cabo de una hora me lo confirman e intento cruzar las piernas entre ambas butacas.

El dolor es fuerte, pero estable. El recorrido es el mismo, desde la nuca hasta el centro del hombro. Es como una corriente eléctrica que va por las vértebras, recorre el hombro y acaba prácticamente en el codo. Al mismo tiempo siento bastante cansancio por los dos días anteriores y por la noche agitada.

Una vez en el aire intento entretenerme con una lectura superficial del periódico. Después leo, aunque muy rápidamente y a trozos, *Nuestro hombre en La Habana* de Graham Greene. Quiero familiarizarme otra vez con esta historia, pero, como recuerdo casi todos los pasajes, voy directamente a aquella maravillosa escena final en la que se celebra la partida de damas entre el capitán Segura y el protagonista: se van tragando botellitas de whisky después de cada jugada.

Antes me interesaban algunos aspectos de La Habana inmediatamente anterior a la revolución, La Habana de Batista, pero mi atención ha acabado concentrándose en este extraño vendedor de electrodomésticos que se convierte, contra su voluntad y después por deseo propio, en un espía kafkiano al servicio de los británicos. Me vuelve a fascinar ese juego final de damas entre el capitán Segura y el vendedor de electrodomésticos.

En medio de las incomodidades leo también las escenas de amor entre animales que describe Gerald Durrell en uno de sus libros. Me pareció que sería una lectura adecuada para el viaje. Me encantan algunas de las aves que describe, con sus colores brillantes. Es un extraño contraste entre aquellas imágenes que se me aparecieron ayer, imágenes de reptiles, de cangrejos y de pulpos, y estas otras de aves multicolores que practican sus ritos amatorios. Me gustan especialmente los bailes petulantes de los machos para atraer a la hembra. Me sienta bien. Noto en mi interior el cangrejo que me atrapa, el pulpo que me rodea, pero, al mismo tiempo, siento a mi alrededor estas aves que cantan, que se mueven, que bailan para atraer a sus parejas, las cuales demasiadas veces permanecen graciosamente indiferentes.

Es una lectura agradecida, también físicamente. He comprado un libro que fuera pequeño, que pudiera sostener bien con la mano izquierda, ya que el brazo derecho va perdiendo poder de modo imperceptible, va perdiendo fuerza. Me costaría sostener un libro normal con este brazo.

Pronto empieza en la pantalla un larguísimo noticiario con informaciones más o menos exóticas sobre lluvias y ciclones tropicales. Son noticias del mundo extraídas de diversas televisiones. Al final, la proyección de una película de la que veo algunas secuencias, pero no la oigo porque el auricular me molesta. Se titula *City Hall*, con Al Pacino en el papel de un alcalde de Nueva York inmerso en una trama mafiosa.

A mi alrededor se presenta el habitual panorama de gente que, a pesar de que es un viaje diurno, se tumba en las butacas, muchas veces descalza. Olores diversos, desagradables la mayoría de ellos, visiones grotescas. El servicio es bastante deficiente por lo que respecta a la comida y al café, que no es más que agua sucia. De todos modos el vuelo, durante las primeras tres o cuatro horas, transcurre con cierta placidez.

Procuro buscar la posición de máxima comodidad para mi espalda y alterno la lectura de Durrell, Greene y la contemplación de las aventuras del alcalde Al Pacino enfrentándose con una historia que parece bastante compleja, sobre todo a diez mil metros sobre el Atlántico.

Pienso en La Habana: La Habana mítica, La Habana de los libros, La Habana nocturna, La Habana pintoresca, magnífica, La Habana revolucionaria de la primera educación sentimental. Pienso en todas las informaciones contradictorias. Me asquean esos viajes organizados a Cuba que siempre he querido evitar. Por fin acepté la invitación para dar dos conferencias y evitar estos circuitos repetitivos y repulsivos, de los que tanto se habla. Recreo las imágenes de La Habana que he leído en varias guías: el Malecón, la Plaza de la Catedral, la Plaza de las Armas, la Calle del Obispo, y me divierte ver que el libro de Graham Greene recorre prácticamente los mismos itinerarios.

De todos modos, eso se diluye en un remolino alrededor de mi cuerpo. Se renueva aquella sensación que tenía ayer sobre la sexualidad del dolor, del dolor que se vuelve más dolor, del dolor que se combate con el dolor, de un dolor que vuelve a crecer de repente cuando, desde la cabina de la tripulación, nos anuncian que hemos sobrepasado las Azores. Me doy cuenta entonces de que la bestia se ha despertado de nuevo con toda su fuerza. Una bestia cada vez más implacable, que me obliga a la inmovilidad y, sobre todo, me lanza descargas eléctricas que me atraviesan. Dava lu, da valu.

Trato de mirar el dolor, primero a través de la pantalla de las moscas de ayer, después directamente, como si pudiera ver el espacio que hay entre las vértebras, como si pudiera mirar los filamentos eléctricos, los nervios aplastados, y examinarlos fijamente para intentar, visualizando el dolor, combatirlo, hacerlo tan objetivo, tan pictórico, tan plástico que sea capaz, en cierta manera, de equilibrarlo.

Trato de avanzar hacia la fijación total, hacia lo que es el centro mismo del dolor, como si fuera otro yo, o como si fuera el yo. El yo no es una entidad vacía, no es una entidad efervescente, no es un concepto abstracto. El yo, en estos momentos, es precisamente este nervio aplastado entre dos vértebras.

Estoy mirando cara a cara al yo. Y lo estoy mirando para deshacerlo, vencerlo, para convertirlo en una cosa mínima, en una fuerza inferior a mí mismo o, por el contrario, para tratar de convertirlo en una cosa tan grande, tan obsesiva, tan poderosa, que me vampirice por completo y me haga desaparecer dentro de su propia personalidad, como una posesión suya.

Pero soy consciente de que también hago la operación inversa. Convertir lo que estoy viendo, aquel paisaje de sufrimiento, aquel paisaje que soy yo mismo, en un grano de arena que se diluye dentro de una visión cósmica, dentro de una visión de armonía universal, donde aquello sólo es una piedrecita que no puede interrumpir este fruto magnífico que estalla mucho más allá de mis huesos, de mi piel, de mi carne.

Y me doy cuenta, mientras pasa la gente, y percibo los olores, los desagradables perfumes, y algunos miembros de la tripulación me quieren dar una comida absolutamente infecta, me doy cuenta de que alterno las dos sensaciones: la sensación del desprecio del dolor a través de una deseable armonía y la de la absorción total del dolor a través de su grandiosidad, su fuerza, su monopolio sobre mí.

Sorprendentemente, todo se puede dar al mismo tiempo. Según cómo, estoy refugiado detrás de la muralla, en el interior de la ciudad. Pero simultáneamente también estoy más allá, y fuera de la muralla empieza lo que es la vida rutinaria, la vida cotidiana. Veo a Al Pacino, veo persecuciones, tiros, gente que duerme, gente que escucha música con los auriculares, gente tirada, veo gente que se pasea de un lado a otro. Y todo se convierte en un doble mundo en el que no se sabe si es más espectral el mundo exterior o el interior.

No como, me resulta imposible. Dejo los libros a un lado y me concentro, cautivado, en esta doble visión: la de la rutina exterior, simple, en cierto modo indiferente, apática, pero de una apatía que es radicalmente ajena a lo que yo estoy desarrollando en mi interior. Dentro de mí, de una manera furiosa, cada vez más tensa, se van alternando las dos imágenes.

Intento disolver el dolor con una especie de nirvana, con una especie de disolución total; y, por otra parte, lo intento concretar, esculpir, pintar. Él crea para mí toda una gran zoología, una botánica, una geografía. Hay animales, hay vegetales. Ayer no había vegetales, hoy sí. Hay animales, hay paisajes. Todo concentrado en un único escenario: veinte centímetros, veinticinco centímetros que van de la nuca al hombro. Y allí hay varios mundos que surgen, diversas zoologías fantásticas.

Sin duda la bestia ha crecido. Dav alu, dav, alu. Ha crecido y está creciendo de una manera que quizá nunca había sentido antes. Ocupa todo el segmento. La inmovilidad del hombro derecho cada vez me parece mayor. Me cuesta mucho apoyarme. Intento hacerlo todo con la izquierda. Estoy oprimido, las piernas no me caben. Cuando las saco al pasillo tengo miedo de que tropiece alguien, cuando las doblo hacia el otro lado me obligan a torcer el esqueleto. Es como si regresara a un estado embrionario, pero un estado embrionario monstruoso, abortivo. Lejos de la placidez de la matriz me siento en medio de una tempestad que me arrastra a un extraño nacimiento.

Y, de nuevo, involuntariamente, como pasó ayer, aparece también el aspecto brutalmente cómico. Yo mismo me divierto, me hago reír con mis retorcimientos. Caigo en la ironía del cuerpo, en la lucidez del caos: navaja de doble filo, sublime y miserable. Reírse del dolor recoge hilos de la memoria y, mientras oigo el ruido del avión, se aceleran en el cerebro toda una sucesión de fragmentos del pasado, imágenes de otros viajes felices. Y, naturalmente, dudo de haber acertado en el actual. Un pinchazo me advierte de que ya no tengo tiempo para dudar.

Siento un dolor intensísimo. Bebo un Nolotil líquido. No hace efecto. Al cabo de un rato tomo otro. El dolor aumenta. En la pantalla donde se proyecta la película se superpone la radiografía de mi cuello llena de moscas. Imágenes de neón, de oficinas, de interiores, de bibliotecas llenas de polvo, de locales equívocos, de bares de prostitución, de tugurios con luces blancas y rojas. Imágenes de la noche. Las moscas parece que tuvieran que pegarse a la fotografía de mis huesos.

Mientras tanto continúa la rutina del viaje. Trato de leer de nuevo a Gerald Durrell, pero ya no me entretiene como antes. Los galanteos entre los animales me distraían. Los animales inventores del siguiente capítulo no. Intento leer un pasaje más de *Nuestro hombre en La Habana* y no puedo. Finalmente cojo una revista de Cubana de Aviación para observar los mapas.

Los mapas van bien para combatir el tedio, pero éstos son muy malos. Son mapas deformados, inexactos. Quiero mirar distancias y hacer proyectos, pero las imágenes de estos planos no me sirven. Miro fotos mal hechas de los lugares más conocidos de La Habana: el Tropicana, la Bodeguita de En Medio, el Floridita. Todo son tópicos que se van sucediendo: las playas, Varadero. Ojeo la revista con rapidez, como si fuera un carrusel de imágenes incomprensibles.

Mientras se va aproximando el final del viaje, el poder de la bestia aumenta. Cada vez tiendo más al mismo gesto: poner la mano izquierda sobre el hombro derecho y oprimirlo. Echo de menos la manta eléctrica, añoro el fuego que quema. Para contrarrestar esta ausencia, lo que hago es pellizcarme, pincharme con la mano izquierda sobre el hombro. Es la única forma de combatir el dolor. Cada vez estoy más retorcido en este gesto que me obliga a adoptar una posición fetal. Mi cuerpo está completamente deforme. Es como la naturaleza estallando el primer día, las montañas, los grandes vaivenes geológicos, las grandes destrucciones, los grandes cataclismos. Es curioso sentir desorden en el cuerpo de una manera tan violenta.

Da va lu, da va lu: el dolor excita el triunfal retorno de la naturaleza en sus manifestaciones más elementales, anulando de golpe los tenaces esfuerzos de nuestra razón, e incluso los de la entera historia de la civilización, empeñados en no tener que ver nada con ella.

III

Llegamos por fin a La Habana. A las doce de la noche, seis de la tarde hora local, el día dieciséis de noviembre. Colas en el control de pasaportes, las insoportables y conocidas colas. Lentísimo. Unos empujan a otros, se adelantan. Los grupos organizados lo invaden todo. Me cuesta muchísimo llevar la bolsa de mano porque la he cargado sobre el hombro izquierdo. El derecho lo tengo cada vez más paralizado.

Espero pacientemente en la cola. Después de una hora larga, por fin paso el control policial. Voy hacia la cinta de equipajes. No sé cómo llevaré la maleta. Pero allí en la entrada, entre el público, veo a una de las organizadoras del congreso que me hace grandes gestos de atención. Trato de corresponderla, pero en el momento de levantar el brazo derecho es cuando, por primera vez, me doy cuenta de que casi no se levanta. Le hago señas hacia el suelo, pero no lo entiende. En medio está la policía. Por lo tanto, no hay nadie que pueda recoger las maletas. Finalmente voy hasta el control y arrastro como puedo la maleta con la mano izquierda.

Llego al vestíbulo. Caos organizativo. Según me ha dicho mi interlocutora, me tienen que llevar a una sala para el protocolo. No encuentran al chófer, no encuentran el coche. Sobre La Habana el cielo está negro, el aeropuerto José Martí está lleno de nubes, llueve. Y hace viento. Llovizna y sopla un viento bastante considerable que me recuerda el mismo clima que acabo de dejar en Barcelona.

Finalmente me llevan a una sala de espera: sofás de skai, ceniceros tirados, papeles por el suelo. A través de la ventana me alegra ver los colores, los olores, los contrastes que tanto me gustan de América. La vivacidad anárquica de los colores, la inmensa cantidad de matices que hay entre dos extremos.

Me apoyo como puedo en una butaca de skai quemada en varios sitios. Aviso por fin, en medio del caos, a mi compañera de que necesitaría que alguien me llevara al hotel. No puedo esperar la llegada de otros invitados a las conferencias. Me doy cuenta de que, como era de esperar, la desidia es considerable. Pero por fin, no sé cómo, llega un chófer, me meto en un coche y nos dirigimos a La Habana.

Los paisajes de América, las carreteras, la vegetación. Veo figuras llenas de fuerza, mujeres magníficas, hombres estilizados. Bicicletas, motos, desorden. El coche entra en La Habana. Pasamos por algunos de los barrios residenciales y después nos introducimos en la progresiva destrucción de la ciudad. Llegamos al hotel destinado al alojamiento y también a algunas de las sesiones del congreso, el Hotel Nacional, con una ubicación magnífica frente al Malecón.

Trámites interminables en el vestíbulo. Finalmente consigo que me asignen una habitación. Pido que sea silenciosa y me envían a la ochocientos seis del último piso del Hotel Nacional. Es una sensación de gran alivio poder llegar a la habitación y encerrarme unas horas en soledad.

Hace un tiempo extraordinario. El ciclón está azotando La Habana y el agua golpea las ventanas. Desde allí veo las olas que suben por el Malecón. No hay nadie que pueda pasear por él. Algunos van corriendo por el extremo de tierra. Pero grandes olas chocan contra el Malecón y el agua de la lluvia golpea el vidrio de la ventana. Enseguida me doy cuenta de que el agua entra por el marco de la ventana. En la pared hay manchas de humedad y el suelo está mojado. De todos modos, no me importa.

Me tumbo en la cama. Levanto la cabeza para ver los magníficos colores del crepúsculo de La Habana en medio del ciclón. Es una encrucijada: la oscuridad interior y, en el exterior, esta belleza violenta y vertiginosa. Sin poder aguantar más tiempo en posición semivertical, me estiro en la cama con la esperanza de que nadie me diga nada hasta el día siguiente. Mi intención es pedir la comida en la habitación e intentar dormir. Da va lu.

De pronto la mancha de humedad en la pared me informa de su nombre, del nombre de la bestia. Davalú. La oí nombrar en Moscú. Era el mármol negro de una estación de metro. Me dijeron que Davalú era un demonio armenio cuya sangre se petrificó y dio lugar a aquella piedra negra. No sé por qué me acuerdo ahora de esa historia y de ese nombre que ya hace un par de días ronda por mi cabeza. No lo sé, pero, al ver la mancha de humedad, siento que Davalú está dentro de mí. Bautizo a la bestia: Davalú. Al fin y al cabo es un nombre que parece más caribeño que armenio.

Llevo media hora echado cuando suena el teléfono. Llama la presidenta del congreso, Silvia Mora. Muy amable, cordial, como siempre. El problema es que quiere invitarme esta noche a su casa. Intento excusarme, pero no acaba de entender la situación y, al cabo de pocos minutos, me encuentro de nuevo en el vestíbulo, en medio de la multitud, con Silvia Mora. Y poco después atravieso de nuevo La Habana con ella y dos mujeres mexicanas, de apariencia devoradora, que han llegado con la intención inmediata, según dicen, de ir al Palacio de la Salsa a bailar. El aspecto cómico de la situación me parece reconfortante. Mientras mi cuerpo se va inmovilizando, estas dos mujeres de mirada vampírica, artistas según dicen, están pensando en dormir un par de horas después de cenar e ir al Palacio de la Salsa.

Cruzamos La Habana. Llegamos a casa de Silvia. Allí nos esperan las intervenciones eruditas, entusiastas, llenas de fe revolucionaria de un hombre que se llama, creo, Eugenio Ortiz, presentado por Silvia como el renovador de la ciudad antigua. Habla con entusiasmo del futuro y critica la pelea entre Fidel Castro y José María Aznar en la XX Conferencia de los presidentes iberoamericanos, celebrada estos días. Inevitablemente la velada transcurre de una forma cada vez más irritante para mí. Encuentro la conversación de este hombre totalmente pedante, a pesar del aprecio que le tiene Silvia. El único consuelo es que la mujer que lo acompaña, la esposa o lo que sea, una mujer joven, es de una gran belleza, aunque me parece ver un bigotillo incipiente en sus labios.

Al principio trato de intervenir. Hablo, llevo la contraria. Pero me doy cuenta de que la excitación interior me lleva a una brutalidad demasiado grande y a una ironía excesiva, sobre todo con el maestro cubano y con una de las mujeres mexicanas. Ellas, de todos modos, se divierten mucho con mi actitud. Lo que encuentro insoportable es el aire de superioridad, erudito y revolucionario, de este individuo. Así pasan tres increíbles horas. Cada vez se me pega más la mano izquierda en el hombro derecho y, finamente, consigo advertir que tengo una molestia física que debería superar si es que quiero continuar algún día más en La Habana.

Por fin se disuelve la reunión. El sabio erudito de La Habana Vieja se va con su hermosa mujer. Las dos mexicanas se van conmigo en el coche y hablan todo el rato de la larga noche y de los fervorosos cubanos que las esperan. Estirado al lado del chófer, me retuerzo de nuevo como cuando estaba en el avión.

Llego al hotel. El agua continúa entrando por la ventana enturbiando el vidrio. Me tengo que retirar hacia la parte interior de la habitación y allí convivir la primera noche cubana con la bestia, con Davalú.

Las imágenes cada vez son más fantásticas: maravillosas figuras zoológicas y una exuberante vegetación que se enrosca entre mis vértebras. Preveo que la noche será larguísima. Me tomo otro Noctamid para dormir. Me doy cuenta con espanto de que la manta eléctrica que he traído tiene un enchufe que no encaja con el cubano y empiezo a dar vueltas y vueltas en la cama. Al cabo de un rato me quedo quieto. Quiero concentrarme en el alma del dolor. Quiero diseccionarlo para liberar al cangrejo que está atrapando mis huesos. Miro de nuevo mis vértebras. Miro el espacio que hay entre ellas. Las moscas han regresado.

En medio de esta fiebre oigo el sonido del viento, del mar, el choque de las olas contra el Malecón. Por fortuna me parece que la noche se agota al mismo tiempo que mi cuerpo.

Me duermo mientras creo que el mar entra en la habitación, olas que ya no suben únicamente por el Malecón, sino que llegan al octavo piso del Hotel Nacional. Me duermo pensando que estoy rodeado de mar por todas partes. Rodeado de viento. Es una sinuosa sensación de gozo. De dolor y de belleza. De vez en cuando me despiertan pasos y carcajadas.

IV

El domingo, diecisiete de noviembre, me despierto al encontrarme en el suelo entre las dos camas que había intentado juntar el día anterior. Eso me recuerda que la noche ha sido una batalla campal entre sábanas, cubrecamas y cojines. Como en un delirio me he estado moviendo todo el tiempo, trasladándome de un lado a otro, perseguido por el aguijón del escorpión.

Toda la noche ha sido una lucha para encontrar la posición en la que encajar mi cuerpo contra el dolor. Buscaba la máxima economía: una especie de nicho, un agujero, un pozo, un nido en el que poder afrontarlo. Mi voluntad de resistencia me despertaba continuamente, a pesar del cóctel de medicamentos, incluido, naturalmente, el somnífero que me había tomado para tratar de dormir.

El despertar, vistoso, en el suelo. La caída ha sido suave comparada con lo que continúo sintiendo con la misma intensidad de ayer. La corriente desde el cuello al hombro derecho y que tiene su punto culminante entre el trapecio y el codo. Es como si me apuñalaran continuamente: la herida por la que entra el veneno, el lugar donde sopla el viento.

Me levanto del suelo con cierta sensación de ridículo. Miro a través de la ventana, cuya persiana no bajé ayer. Entra una luz blanca. La Habana está blanca. El mar está blanco, las olas todavía suben por el Malecón y originan una rotunda percepción de blanco sobre blanco. El cielo blanco, el mar blanco, las olas blancas, la luz blanca. Todo es blanco.

Miro el reloj. Son las nueve de la mañana. Me quedo abstraído contemplando esta blancura, mientras, desnudo, me paso continuamente, como hacía ayer, con ese gesto que me irrita por reiterativo, la mano izquierda sobre el hombro derecho. Intento reaccionar. Me voy a la ducha. Por suerte hay agua caliente. Ayer no había. Afortunadamente está muy caliente y empiezo a darme una ducha, dirigiendo el chorro de agua sobre el hombro derecho. Es, una vez más, la táctica del dolor contra el dolor, de quemar el dolor, de atacar al cangrejo, al pulpo, de atacar al reptil a través del fuego. En otras circunstancias no aguantaría el agua tan caliente. Me produce un efecto sedante.

Salgo de la ducha un poco más calmado. A pesar de ello, al tratar de afeitarme, noto que no puedo hacerlo con la mano derecha porque no tengo fuerza y necesito apoyar la izquierda sobre la derecha para afeitar sucesivos segmentos de mi cara. Me miro en el espejo: tengo una expresión transformada, una mirada crispada. Los ojos parecen dilatados, las pupilas.

Con un gran esfuerzo me afeito lentamente. Me hace daño mover el codo apoyando la mano derecha en la izquierda. Pienso, al mismo tiempo, en la acción de escribir y en la de afeitarme. Son dos actos que se dan, en estos momentos, superpuestos. ¿Estoy perdiendo definitivamente el brazo derecho? En realidad, me corto con la misma hoja de afeitar y noto una pérdida de sensibilidad, sobre todo entre el codo y el hombro. Eso, como es natural, me alarma, pero es una alarma pasiva, una alarma casi apática. Continúo mirándome de manera obsesiva en el espejo. Continúo examinando sobre todo los ojos y lo que pasa a mi alrededor, la transfiguración de las facciones alrededor de los ojos.

Me visto. También noto dificultades para vestirme. El brazo derecho no me sirve para nada. A pesar de todo estoy decidido a restablecer cierta sensación de normalidad, para mí y para los demás. Bajo al comedor para tomar el desayuno. Me desanima inmediatamente la situación. Abajo hay un bufé abierto, lleno de gente que come con gula incomprensible. Me sitúo en una mesa marginal. Tomo unas frutas y un café.

Vuelvo a la habitación con la intención de iniciar ciertas gestiones médicas. Llamo a uno de los múltiples teléfonos de Silvia Mora. Finalmente la localizo y me dice que ya está programado que me visite ese mismo domingo uno de los traumatólogos más importantes de La Habana. El doctor Ceballos. Se pondrá en contacto conmigo. También se pondrá en contacto un tal Ramírez del Instituto de Cinematografía, o alguien del congreso, o alguien de la Embajada Española. Alguien, en definitiva, se pondrá en contacto conmigo. Yo tengo que esperar en la habitación. Procurarán que me atiendan este mismo domingo. Las últimas noticias son que el doctor Ceballos está en el aeropuerto. No entiendo qué significa esta información, pero no puedo hacer nada.

Me echo en la cama. Igual que ayer, pongo varias almohadas de manera que, incorporado, pueda ver a través de la ventana lo que es esta Habana inesperada, esta Habana de las grandes olas, las suntuosas espumas, el cielo completamente blanco sobre el Malecón. Miro obsesivamente por la ventana. De vez en cuando vuelve a llover. Los rayos de lluvia se van dibujando en la habitación y penetran a través de las grietas. El suelo sigue mojado. Miro las manchas de las paredes. Ha aumentado su tamaño.

Estoy así durante dos o tres horas. Parece que la bestia se calma con la inmovilidad total. Trato de hacer un acto de anulación, como si yo no existiera, como si estuviera colgado en el vacío, suspendido dentro de esta blancura absoluta que me rodea.

Contemplo con obstinación el mar y me vienen imágenes de otros mares, de otros momentos. Mares azules, mares poderosos, mares verdes, mares fuertes. Y, a su lado, este mar, como de leche, el mar de leche. De pronto me imagino dentro del mar de leche rodeado de balsas por todas partes. Es un mar de niebla, este mar. Más que del Caribe, parece de la Patagonia.

Me fascina la luz blanca. Me calma. En cierta manera me aniquila. Es una luz que me hace desaparecer y, mientras desaparezco, el mismo dolor desaparece. Davalú se esconde. No noto el cangrejo, ni el pulpo, ni el reptil. El veneno de la serpiente se ha helado. El mundo se ha parado.

Suena una vez más el teléfono. Me informan de que todavía no encuentran al doctor Ceballos, pero que me espere. Y espero y espero prácticamente hasta el mediodía. Pero al mediodía, de pronto, tengo la sensación de estarme pudriendo, de desintegrarme dentro de la misma inmovilidad. Y entonces noto un fuerte deseo de caminar. Quiero conocer la ciudad, los barrios, moverme.

Sin pensármelo más, me visto y abandono la habitación. Antes, sin embargo, pongo el cartelito verde que indica que pueden entrar a limpiarla. Salgo con la intención de pasear por el Malecón, a pesar de que, evidentemente, el agua me impedirá ir por la orilla. Bajo al vestíbulo y pregunto por dónde se va al Malecón. Me informan con cierta desgana. Supongo que les parece absurdo que no coja un taxi como hace todo el mundo.

Comienzo a caminar. Rodeo todo el enorme perímetro del Hotel Nacional, que está sobre una colina, y, finalmente, llego al Malecón. Giro a la derecha en dirección a La Habana Vieja. A mi izquierda las olas del mar que chocan contra el Malecón suben por el asfalto. Al otro lado veo restos del esplendor arquitectónico de la ciudad: edificios modernistas, palacetes semidestruidos, desbaratados, casas a punto de caer. Y sigo avanzando, mirando continuamente a un lado y a otro. De vez en cuando me cruzo con ojos que me miran, ojos grises, verdes, ojos almendrados de fuego. Avanzo entre las miradas como un poseído.

Al cabo de un rato quiero acercarme al mar y voy a la otra acera del Malecón. Por allí no pasa nadie. Continúo avanzando mientras me mojo en medio de la luz blanca, y eso me sienta muy bien. Me gusta la sensación de sumergirme en la blancura viscosa. El remolino líquido me rodea por todas partes.

Durante todo este tiempo tengo la intención de llegar a La Habana Vieja, hasta que en un momento determinado pregunto a un anciano con la cara marcada por la viruela. Me dice que todavía me falta cerca de una hora si voy a pie. Entonces me doy cuenta de que es totalmente imposible continuar en medio de la lluvia. De hecho, llueve a ráfagas, pero la humedad es muy grande a consecuencia de la espuma de las olas. Me impregna el pelo y la camisa. El cuerpo parece sometido a una progresiva licuefacción con la mezcla del sudor y del agua de mar.

Vuelvo atrás. Me fijo mucho más que antes en las casas, llenas de presencias fantasmagóricas. Entre la ropa tendida se desvanece el antiguo esplendor y triunfa la miseria. Me fascinan las caras que surgen en los muros negros. Son como llamaradas volcánicas dentro del blanco. La luz continúa blanca, el cielo también. Sobre el blanco, estas pieles dominan el paisaje con una fuerza extraordinaria.

Hago el camino inverso. Me noto cada vez más cansado, pero también más pletórico. Muevo insistentemente el brazo derecho, intentando hacer un movimiento de rotación. Casi no puedo. Eso, por lo que compruebo, llama la atención a mi alrededor. Oigo algunos comentarios: «¿Qué te ha pasado? ¿Estás herido?». También oigo a alguna chica que me dice: «más fuerte, más fuerte».

Dejo el Malecón a mis espaldas y subo por La Rampa, una avenida llena de gente. Empieza un rosario de ofertas: coches de alquiler, viajes turísticos, hombres que ofrecen mujeres. Se me pegan compañeros ocasionales de paseo con propuestas de todo tipo. Uno de ellos me acompaña a lo largo de varias calles hablándome de España, de su deseo de viajar y de encontrar amigos. También hace muchas ofertas. Me propone un viaje con el coche de un amigo suyo.

De pronto, agotado, le pregunto si tiene morfina. Eso lo desconcierta terriblemente. Me dice: «todo se puede conseguir»; pero, de hecho, se desanima y, al final, se aleja.

Me parece que hace horas que camino, ahora por las calles del Vedado. La antigua y violenta magnificencia del barrio es muy evidente. En una de las casas se está celebrando una fiesta, con adolescentes que bailan maravillosamente bien. Me quedo un buen rato mirando las parejas que bailan. Envidio su movimiento, me gusta su gracia. Estoy como separado en dos. Por una parte, en mi interior, encadenado a Davalú; por otra, hacia el exterior, percibiendo el hechizo de estos movimientos.

Después esta sensación se agudiza más cuando en una de las plazas, muy concurrida, me siento en un banco para descansar. Es un banco de madera mojada. Frente a mí se sientan tres mulatas, evidentemente jineteras. Van muy arregladas, me miran de forma ostentosa. Siento casi irresistiblemente el poder de sus ojos. Queman, igual que dentro de mí, celoso, también me quema el cangrejo. Davalú desafía el encanto de las mulatas.

No me dicen nada y yo también permanezco en silencio. Al cabo de unos minutos me pongo en pie para seguir caminando. Voy por calles que no sé adónde llevan. Doy vueltas desorientado. A veces llego al mismo sitio. Vuelvo a ver a la misma gente, vuelvo a escuchar las mismas ofertas. La atmósfera de un domingo por la tarde se apodera del barrio: grupos que gritan, parejas, gente que ríe. Cansado de dar vueltas huyo hacia el hotel.

Pregunto en recepción si hay algún mensaje para mí. No hay ninguno. Experimento otra vez la tortura de subir a la habitación en estos ascensores lentísimos que se van llenando de huéspedes en cada piso. Parece una ascensión eterna. Cuando llego a la habitación la luz blanca se desintegra en el crepúsculo. Estoy completamente empapado. Voy directamente a la ducha. Al salir, mientras me seco, veo, decepcionado, que han vuelto a separar las camas. Necesito un escenario suficientemente confortable para la lucha de esta próxima noche. Por lo tanto, decido atar las dos camas.

Eso da origen a una situación divertida. Los camareros a quienes he avisado me miran perplejos cuando les digo que quiero atar las camas. Probablemente me creen un ejemplar de los más perversos que han pasado por el hotel. En cualquier caso, es una operación complicadísima, pero innovadora. Tardo mucho en hacerles entender exactamente lo que deseo: que aten las patas de manera que no se puedan separar. Durante una hora me entretengo con esta compleja operación que se ve recompensada por unas propinas muy bien recibidas.

Vuelvo a tumbarme en la cama, esperando que oscurezca. No enciendo ninguna luz, procuro que no haya claridad en la habitación. El blanco se vuelve gris, después el gris se vuelve azul, morado, negro. Mientras tanto, la lluvia continúa golpeando los cristales. Oigo el sonido estrepitoso del mar y pienso en los ejércitos de ojos que he visto a lo largo del paseo que he dado esta tarde.

El teléfono no suena. Probablemente el doctor Ceballos está todavía en el aeropuerto, o en el infierno. A estas alturas prefiero no entrar en contacto con nadie. Me gustaría disiparme de nuevo a través de los pasillos del hotel sin que nadie me viera. Tengo hambre. No he comido en todo el día. Pido al servicio de habitaciones que me traigan algo y, de pronto, me doy cuenta de que sobre el mueble que hay delante de la cama, una especie de consola, hay una botella de ron blanco Havana Club, una cortesía, probablemente, del hotel.

Llamo al servicio de habitaciones para renunciar a la comida en la habitación y me sirvo tres o cuatro vasos seguidos de ron. Ha sido una buena elección que me impulsa a bajar al restaurante de lujo del hotel para cenar con cierta solemnidad. Esta decisión me anima mucho porque es un desafío a Davalú. El ron ha tenido un efecto estimulante, excitante. Espero no encontrarme a nadie de la organización. Y también que el doctor Ceballos no me busque mientras tanto.

Me pongo la mejor ropa que llevo. Y a continuación, como si la bestia no existiera, tratando de no poner la mano izquierda sobre el hombro derecho, una vez me he asegurado de que las camas me esperarán después bien atadas, avanzo por los pasillos hasta el ascensor. El ascensorista ya me conoce. Le pregunto por el piso donde se encuentra el restaurante de lujo que antes he visto anunciado. Nos detenemos allí. Salgo, avanzo hacia el restaurante. Sólo tres o cuatro mesas están ocupadas. Es un restaurante enorme. Me siento en una de las mesas y un camarero me trae el menú.

Adopto la táctica de la lentitud. Pido parsimoniosamente. Me muevo parsimoniosamente. Bebo un Rioja excelente. Trago con calma, como si no pasara nada. De vez en cuando veo que las parejas de las otras tres mesas ocupadas me miran de reojo. Los camareros también están muy pendientes de mí, como si realmente tuviera una especie de aura especial en la cara. Y, en efecto, si he de juzgar por lo que he visto en el espejo, así es.

Mientras combato a Davalú con esta parsimonia me siento progresivamente más digno. Y eso que para comer con la mano derecha me resulta imposible levantar el brazo y, disimuladamente, tengo que hacer palanca con la mesa. Me comporto como si delante de mí estuviera, comiendo conmigo, la mujer más elegante y cautivadora.

Durante casi dos horas ceno conmigo mismo como si cenara con esa mujer bellísima, como si tuviera que ser ingenioso, como si la conversación me mantuviera extraordinariamente animado. Bajo el efecto narcótico de esta representación no pienso en la pérdida de fuerza en la mano derecha, no pienso que ya casi no puedo escribir, no pienso que no puedo afeitarme. Se impone la normalidad, la apariencia. Al final estoy tan agotado que le pediría a un camarero que me llevara en brazos a mi cuarto.

Una vez en la habitación, me tomo dos vasos más de ron y miro la cama con auténtica delectación. Me parece una gran obra de arte la operación realizada esta tarde de atar las dos camas de manera que quede un estadio espléndido para el combate de la noche.

Miro una última vez por la ventana el mar oscuro. Todavía hay remolinos de lluvia que golpean los cristales, y olas, quizá menos intensas, que saltan sobre el Malecón. A continuación cierro herméticamente las persianas. Quiero quedarme concentrado en esta habitación, en esta cama inmensa que he conseguido crear. El mundo exterior no existe, es falso. Sólo existe el mundo que hay dentro de la habitación, alrededor de la gran cama. Un escenario lleno de sensualidad y misterio, lleno de junglas y de laberintos. La trinchera para la retaguardia y para el refugio, el campo de batalla para el ataque, para la defensa.

Voy hacia el lavabo con la intención de desnudarme, pero noto que me faltan las fuerzas para quitarme el traje. Ni siquiera puedo quitarme la camisa. Lo único que me quito es la americana y los zapatos y me estiro directamente en la cama.

Constato muy pronto que la bestia está activa, pero no porque la oiga, sino porque la veo. Se me presenta visualmente: la veo trabajando, como si no tuviera un contacto físico directo conmigo. Adquiere, como ayer, imágenes múltiples, quizá más suntuosas, más barrocas. Parece que se quiera exhibir en todas las escalas microcósmicas y macrocósmicas. Adquiere la forma de un conjunto de insectos, de átomos, de moléculas. Es un pequeño mundo de ejércitos que invaden todo lo que los envuelve. Miles de pequeños átomos, de pequeñas moléculas, de hormigas que avanzan a través de los huesos de mi brazo. Pero no me hacen daño, únicamente los veo. Después, en una mascarada que atraviesa todas las escalas, también estrellas, planetas, soles, galaxias que estallan.

Viajo vertiginosamente por mi carne. Entre las dos escalas, entre la más pequeña y la más grande, Davalú es el rey de todas las formas. Es un tirano telúrico que se pasea por montañas y precipicios. Es un príncipe de la vegetación que consigue floraciones extraordinarias.

Cambia de color, de piel, para ser el protagonista de zoologías fantásticas. Pero Davalú también es monstruosamente humano, el ejemplar idóneo de la feria de los horrores, la figura desconocida del museo de cera.

Se ha producido un extraño corte entre su actividad y mi conciencia. Tiene el dominio total de mi brazo, pero no a mí. Estoy fuera de sus redes contemplando, entusiasmado, su actividad creadora de formas, su metamorfosis de imágenes, sus continuas transformaciones.

Entre esta mascarada y los efluvios del ron noto que me voy durmiendo dulcemente. La bestia actúa a mi lado, autónomamente, mientras yo, al mismo tiempo, me voy embutiendo, voy entrando en un sopor cada vez más considerable. Me duermo en medio de su escenificación, refugiado en la gran matriz que es la cama que he construido.

Hacia las tres de la mañana, quizá como venganza, me despierta la danza frenética del dolor. Me sorprendo moviéndome de un lado a otro, en vertical, en horizontal, poniéndome del derecho y del revés. Tengo la sensación de participar de un baile primitivo, primigenio, un baile descarnado y sexual en el que la carne cae, se hace pedazos por el suelo.

Me muevo continuamente, doy vueltas intentando equilibrar el dolor, pero me resulta imposible. Lo único que me causa una gran satisfacción es la solidez del territorio. Puedo moverme, puedo abrazarme a las almohadas, ir de un lado a otro de la cama doble, ponerme en cualquier posición, puedo retorcer mi anatomía en completa libertad.

Ahora las imágenes se arraigan mucho más lejos. Ya no es el cangrejo o el pulpo dentro de mi hueso, sino que yo mismo participo de este banquete sombrío, de un convite absolutamente regresivo hacia el instinto, hacia un suelo húmedo y podrido. No sé si es el efecto de la lluvia, o del calor, o del sudor. El hecho es que me siento como una planta que se pudre. Tengo la sensación de estar en medio de un pantano, en arenas movedizas. Hay una vegetación densa, llena de raíces podridas, de estiércol, de elementos que se transforman incesantemente. Y yo formo parte de estos elementos, habitante de un mundo que está situado milenios y milenios antes del mundo en el que vivo.

Es una sensación plástica, pero también musical. Oigo sonidos muy lejanos, sonidos de timbales de percusión, sobre todo de percusión. También hay olores: un olor intenso, profundo, que lo va invadiendo todo. Parece que en esta danza del dolor están presentes todos los sentidos. También el gusto: un gusto espeso, ácido, amargo, como si comiera una fruta demasiado madura.

No sé el tiempo que permanezco así. A las tres, al despertarme, he mirado el reloj; después no. Ignoro el tiempo que bailo esta danza que me lleva al fondo de una historia que no he vivido yo mismo, al fondo de una naturaleza que es anterior a toda civilización. No sé el tiempo que estoy así. Quizá una hora, quizá unos minutos, quizá varias horas. Después de la danza caigo de nuevo aturdido, como si hubiera sido terriblemente golpeado.

La última imagen, el último recuerdo antes de que esto se produzca es un relámpago. No sé si es un relámpago que penetra a través del cristal, un relámpago real. De hecho, he cerrado herméticamente la ventana. Sea como sea, hay una gran claridad a mi alrededor. Es un deslumbramiento violento. Después del relámpago desaparecen las imágenes.

V

Al día siguiente me despierto mecánicamente y salto de la cama decidido a dar la conferencia que he de pronunciar dentro de una hora. Son las nueve. Abro la ventana, alternan el sol y las nubes. El mar se ve espléndido. Negándome a examinar la situación, voy a la ducha. Dirijo el chorro caliente directamente al hombro y permanezco media hora bajo el agua. Después, con el mismo impulso automático, realizo todas mis tareas higiénicas. Me afeito con gran dificultad, pero lo disimulo ante mí mismo.

Para engañar a Davalú hace falta un mecanicismo estricto. Salgo de la habitación, corro hacia el ascensor. Bajo al bufé, tomo varios cafés. Siento la cabeza sorprendentemente bien después de la noche anterior. Y poco después de las diez, siguiendo un impulso que no acabo de comprender, me voy al auditorio situado en el mismo Hotel Nacional, dispuesto a dar mi conferencia.

La sala está llena. Me siento en la primera fila mientras hay interminables discursos de inauguración que me resultan cada vez más insoportables. Después de los discursos de las autoridades interviene un coro que canta diversas canciones folklóricas de bienvenida a los congresistas. La gente aplaude con más o menos entusiasmo. Me reservo las fuerzas. De todos modos me costaría aplaudir. Pienso en lo que tendré que decir a lo largo de una hora.

Sé que se ha iniciado mi representación. Pase lo que pase, en mi interior he de mantenerme impasible, cortando la actuación vampirizadora del dolor. Curiosamente, no me cuesta demasiado iniciar la representación porque pronto confirmo la fuerza que tiene sobre nosotros el gesto social, el propio dominio de la razón, de la educación. El dominio de la apariencia. Incluso Davalú está sometido a este dominio. La noche pasada él y yo hemos tenido una libertad absoluta para luchar, para bailar. Ahora, la presencia de los demás nos hace esclavos de la apariencia.

Mientras hacen las últimas intervenciones corales, pienso en esto: en lo que está pensando Davalú de mí. En estos momentos está actuando impunemente, pero sin la libertad creativa que tiene cuando está en total intimidad. La intimidad del dolor es la que lo hace totalmente libre y totalmente creativo. En cambio, ante los demás, nosotros ya no podemos desencadenar esa intimidad. Estamos aprisionados bajo las formas, bajo la moral, bajo la civilización.

Inmediatamente me veo invitado a subir al estrado. Subo y, sin más trámites, hago los saludos formales a los organizadores, a las autoridades, y me lanzo al vacío. Empiezo a hablar con cierta inseguridad. Pienso sobre todo en aguantar: aguantaré durante una hora, disimularé. No se darán cuenta de mi estado, no reconocerán a la bestia. No verán en este hombre que ahora les habla pausadamente, ordenadamente, a aquel que la noche anterior bailó frenéticamente con Davalú en los campos podridos y las melodías arcaicas. Verán a un hombre controlado. Este pensamiento me da alas.

Hablo de la naturaleza y del patrimonio cultural, los temas del congreso. Pero a duras penas consigo interesarme por lo que digo. Más que el contenido, lo que me importa es el hecho de mantener la compostura. He de dar coherencia a mi intervención. Quiero superar el desafío de pasar esta hora hablando sin que nadie se dé cuenta de que Davalú está al acecho.

Hablo del viaje. Sobre todo hablo del viajero. Mientras, se me divide el pensamiento en dos direcciones. Siguiendo una, exterior, analizo la experiencia del viaje de acuerdo con lo que se me ha pedido; interiormente, sin embargo, dibujo lo que ha sido mi viaje hasta este momento. Y las dos líneas se cruzan silenciosas en un punto que ignoro.

Hablo y hablo. Cada vez me entusiasma más la idea de que esté hablando sin que el auditorio pueda darse cuenta de la situación. Me veo como un actor, como un histrión, un notable comediante. Pero el destinatario de mi representación no es el público. El destinatario está escondido entre mis vértebras, pegado a mis huesos.

Me doy perfectamente cuenta de que toda esta escenificación de hombre civilizado, de hombre racional, no está dirigida a la gente que tengo ante mí en la sala, sino al cangrejo, a la bestia. A Davalú. Es a él a quien quiero demostrar que, a pesar de todos sus esfuerzos por arrastrarme al remolino, por perderme en el delirio, no puede destruirme fácilmente. Lo puedo retar, puedo luchar contra él con armas inesperadas.

Es una escenografía inédita. Todo lo que digo y que escuchan cientos de personas lo dirijo, en realidad, a una parte de mí mismo, a un habitante que no vive vagamente en eso que se ha dado en llamar conciencia, alma o espíritu, sino en un territorio delimitado entre el cuello y el hombro, recorrido de un extremo a otro por un nervio destrozado.

Todo se lo digo a él. Y cuando hablo de la experiencia y de la riqueza del viajero también me dirijo a él. Le quiero hacer ver que no me podrá vencer con sus armas, a pesar de que su capacidad de seducción es muy grande, como he podido comprobar en los últimos días.

Casi sin saber cómo, mi monólogo avanza y avanza. Nadie, en estos momentos, adivina el sentido de la representación. La normalidad me tranquiliza. Cuando doy por finalizada mi intervención, oigo aplausos que inmediatamente traslado a mi interlocutor interior como demostración de que he sido capaz de hacer eso que él, estoy seguro, no creía que yo haría. Davalú calla, impotente. Estoy empapado de sudor, pero satisfecho.

Mi satisfacción se congela cuando me invitan a quedarme en la mesa hasta que también haya intervenido el segundo conferenciante, un sociólogo mexicano. Creía que podría desaparecer en busca del misterioso doctor Ceballos. Decido aceptar el reto como una continuación de mi desafío. En el intermedio, mientras estoy terminando el café, hay varias personas que se acercan para comentar mi conferencia. Hago comentarios más o menos evasivos. Para huir me acerco a una piscina anexa al jardín. Me gustaría esconderme de todos. Finalmente regreso a la mesa para escuchar la intervención del sociólogo mexicano.

Es un hombre obeso con voz implacablemente monótona. Hace una enumeración exhaustiva de datos y balances. Al mismo ritmo que crecen las cifras, mis defensas disminuyen. Si no hago nada es evidente que quedaré sometido al dominio de Davalú, y será inaguantable mi presencia en esta mesa frente a cientos de personas. Como único recurso, me planteo provocar la metamorfosis de los oyentes. Dejo de interesarme por completo por lo que dice el sociólogo mexicano y busco en el mar de caras.

El azar me ayuda: las primeras caras que encuentro son las de las dos maduras ninfas mexicanas que escuchan atentamente la intervención de su compatriota. Las imagino como reinas de la noche, bailando hasta altas horas de la madrugada en el Palacio de la Salsa. Quizá, en realidad, no escuchan tan atentamente, sino que duermen bajo sus propias carátulas. Están demasiado rígidas para ser reales. Después paso a otros rostros. Detrás de cada uno de ellos pongo un animal, su doble animal. Lo he hecho ya otras veces, para distraerme. El auditorio se convierte en un respetable parque zoológico.

De vez en cuando, mediante un pinchazo intenso, Davalú exige mi atención, como si la única mirada que me estuviera permitida lo tuviera a él de protagonista. Quiere ocupar todo el espacio de mi mente.

Pero no quiero someterme a la idolatría de este monstruoso dios. Para escapar paseo por una sala llena de animales. Los hay de todas las características: alegres, grotescos, imaginativos. Sus hábitos son los mismos que en el libro de Gerald Durrell que leí en el avión. Veo entre el público los galanteos de las aves y las invenciones insólitas de los insectos. El zoológico está agitado, con sus residentes practicando toda clase de ceremonias y liturgias. Cantan, corren, se persiguen unos a otros. La Mujer-Cabra, el Hombre-León, el Hombre-Mono: las espléndidas figuras de un viejo tratado de fisiognomía.

Instantáneamente me acuerdo de aquella escena en Paracas, una isla al sur de Perú, en la que había miles de lobos marinos aglomerados en las playas. Los enormes machos luchaban violentamente entre ellos por un pequeño territorio de dominio en el que poder copular con las hembras. Todavía oigo los gritos. Eran gritos procedentes del infierno, cantos de sirena que salían de las numerosas grutas bajo los acantilados.

Sin querer, el auditorio se transforma en aquellas playas y los oyentes en los lobos marinos. Sobre el eco lejano de cifras que da el sociólogo mexicano oigo los gritos de los machos que luchan y los sonidos misteriosos de las grutas.

Perdido en estas músicas casi no me doy cuenta de que un esperpéntico personaje toma el relevo del sociólogo. Es, según entiendo, la viceministra de cultura, o algo parecido, de la República Dominicana, que se sienta a mi lado y me dedica una gran sonrisa.

Su aspecto físico es singular. Es un ave, pintadísima y llena de joyas. Lleva el peinado más complicado que he visto nunca, una especie de torbellino pegado a un moño, y habla con vehemencia de la importancia que tiene el patrimonio cultural. Es, sobre todo, una apóstol de la amistad entre los pueblos, entre los países, entre todo el mundo. El público se divierte con sus exhortaciones. Veo reír a las dos mexicanas. Otros oyentes están atónitos, especialmente los organizadores. El sociólogo mexicano me dice al oído que se trata de una presencia imprevista. A mí, por el contrario, me parece lo mejor de la mañana. Sobre todo cuando observo que su micrófono está apagado y el público sólo ve sus aspavientos. Ella lee, con gran vehemencia, unas hojas que tiene delante. Cuando termina se oyen tímidos aplausos y, rápidamente, uno de los organizadores da por concluida la sesión.

La representación dura hasta la una y media. Estoy al límite. El espíritu de la comedia ha funcionado mucho mejor de lo que habría podido creer, pero estoy al límite. Hablo, al abandonar la mesa, con el embajador español, que ha asistido a la reunión, y con el señor Ramírez del Instituto Cinematográfico. Los dos han hecho gestiones en torno al famoso doctor Ceballos por iniciativa de Silvia.

Hay nuevas informaciones. Me dicen que el doctor Ceballos en estos momentos está en el quirófano. Después me podrá ver, pero ahora está en el quirófano. Su recomendación es que me quede a comer tranquilamente con ellos para reponer fuerzas. El doctor Ceballos nos avisará.

Ya no me fío. Mi reacción inmediata es pedir que me trasladen al hospital donde está el maldito médico para someterme lo antes posible a un reconocimiento.

Davalú, una vez atendido, una vez que estoy de nuevo bajo su dominio, se hace imprescindible. Se venga de mi comedia. Casi sin fuerzas pido disculpas por no participar en la comida y consigo por fin, milagrosamente, que haya un coche a mi disposición. No sé quién me lo proporciona ni me importa. Un hombre joven con americana roja me hace de guía, sin informarme de quién lo envía. Yo tampoco lo pregunto, tanto me da que sea de la organización del congreso, de la embajada o de cualquier otra institución. Sólo quiero salir de allí. Un chófer nos espera en la puerta del hotel.

Atravesamos La Habana en dirección, según entiendo, a Siboney, donde hay un hospital que responde al nombre de Centro de Investigaciones Médicas y Quirúrgicas. La luz es extraordinaria. Las nubes se han abierto y el azul del cielo parece abatirse sobre la ciudad. Me parece increíble que aquel paisaje blanco hoy se haya teñido de colores tan intensos: los colores vivos de los vestidos, de las pieles. Desde la oblicuidad a la que me obliga mi posición en el asiento trasero, lo que veo a través de la ventanilla me parece una sinfonía cromática que contrasta vivamente con aquella leche turbia que ayer lo poseía todo.

Aunque mi capacidad de lucha ha disminuido mucho, para distraerme, y para distraerlo, pregunto por los barrios que atravesamos. Trato de informarme de todo lo que puedo, aunque con una intensidad decreciente a medida que dejamos el Vedado. Cada vez más concentrado en conseguir la posición adecuada, crece un muro invisible entre yo y el mundo exterior.

Me desintereso del mar, que por fin perdemos, y también de las arquitecturas, progresivamente miserables. Me cuesta más desinteresarme de los ojos, de las miradas. Las miradas son los últimos testimonios de vida a medida que el coche penetra en la polvareda de las calles sin asfaltar. Cruzamos un dédalo interminable, hacia un hospital que parece que no emergerá nunca.

Por fin llegamos a un barrio residencial, lleno de palacetes, con banderas de diversos países. Posiblemente sea el barrio de las embajadas. Pasamos por calles cada vez más ordenadas, más lujosas. Hemos llegado a Siboney. Veo varias indicaciones de centros médicos y, tras algunos rodeos, el coche se dirige a una gran instalación hospitalaria, de características militares, que parece ser mi destino.

Unos policías nos abren la barrera y, cuando llegamos al lugar donde el coche puede detenerse, ya voy literalmente horizontal en el asiento trasero. Bajo como puedo, casi rodando por el suelo. Tanto el chófer como el guía de la americana roja, muy educados, me facilitan los movimientos, pero están totalmente sorprendidos de que una persona pueda bajar así del coche.

Me resulta imposible disimular: voy con la cabeza completamente inclinada. Quizá la proximidad del hospital agudice mi debilidad. No me importa tanto rendirme ante el dolor. Veo otros enfermos, gente que cojea, gente en silla de ruedas a mi lado, y eso me va introduciendo en un clima en el que no hace falta disimular las formas exteriores que cincela el dolor.

Entramos en un laberinto interminable de vestíbulos y pasillos en los que se mueve, de un lado a otro, una multitud de secretarias, recepcionistas, conserjes, ordenanzas. Detrás de la telaraña de trámites, la presencia del doctor Ceballos me parece cada vez más próxima e, inexplicablemente, también más lejana: el profesor Ceballos, el doctor Ceballos está en el quirófano, no está; está en el hospital, no está; está a disposición, no lo está. Su presencia es más imponente, aunque más invisible. Me cuesta entender por qué hacen falta tantos trámites para llegar al reino del doctor Ceballos.

Entre las tres y las cuatro el tiempo se hace denso y eterno. Finalmente opto por indicar a mi guía de la americana roja que ya no puedo aguantar más y que esperaré en uno de los sofás de skai que hay en uno de los interminables vestíbulos del monstruoso hospital. Cada vez estoy más convencido de que se trata de un hospital militar. La mayoría de los enfermos y de sus acompañantes llevan uniforme militar. Hay gente resignadamente tirada por todas partes. Parece que nadie siente una preocupación especial por el hecho de esperar horas y horas, como si estuviesen perfectamente habituados y disciplinados por esta perspectiva.

Ya no sé a qué hora, probablemente hacia las cinco, me arrastran hacia el anhelado doctor Ceballos. Es un hombre de entre sesenta y setenta años, seco, en contraste con el tono habitual de los cubanos. Tiene gestos militares y sus respuestas son extraordinariamente concisas. Me dice que, efectivamente, ha recibido las llamadas de amigos míos y, sin más comentarios, me pregunta por los síntomas. Se los explico. Me observa con gran frialdad, incrementada por su despacho austero, desprovisto de cualquier detalle.

Me hace desnudarme y tumbarme en una litera. Se acerca para empezar a palpar las partes afectadas. Después me coge la cabeza con las manos y la atrae hasta su pecho. Como consecuencia de la descompresión de las vértebras siento un alivio excepcional. Se lo digo. Me responde que eso prueba que lo que me afecta es un nervio que ha contraído toda la zona derecha. No añade nada más. Me indica con la mano que me vista.

He de hacer nuevos trámites para realizar unas radiografías. Paso a otras salas: nuevas recepcionistas, nuevos conserjes. El guía de la americana roja, aseado, disciplinado, inmutable, va de un lado a otro sin que su ademán cambie nunca. Le da igual no haber comido, parece que se alimente del aire. En él todo está tan perfectamente ordenado como lo estaba a las nueve de la mañana. Hace las gestiones con una paciencia infinita. Se dirige a mí con delicadeza, aunque sin ningún interés por lo que me pasa. En todo este tiempo no me ha preguntado nada. Es un trabajo que ejecuta con una profesionalidad exquisita.

Después de rellenar muchos impresos me hacen las radiografías en una sala anticuada y llena de trastos. Un mulato ya viejo realiza las pruebas. Me hace adoptar diversas posiciones: arrodillado, de pie, de costado. Hace radiografías del cuello, del hombro derecho. No se pronuncia sobre el resultado. Me vuelvo a vestir y voy hacia otra sala de espera. Allí reanudo el diálogo mudo con mi cicerone de la americana roja. De vez en cuando me mira como para asegurarse de que todo sigue en orden.

Cuando vuelvo a entrar en el despacho del doctor Ceballos es para ver de nuevo mis huesos en la pantalla blanca: mi columna vertebral a la altura del cuello ha dado un giro extraordinario. Ya no está torcida hacia delante, como se esperaría, sino inclinada hacia atrás en dirección contraria. Davalú ha redibujado mi interior siguiendo su criterio.

Mientras observo las radiografías y pienso que literalmente me he convertido en un monstruo, el doctor Ceballos se mantiene en silencio. Las moscas pululan otra vez alrededor del neón. Después de dejarme mirar la pantalla, el doctor Ceballos coge un bolígrafo y señala partes de la radiografía como si un historiador del arte estuviera examinando una pintura. Convertido en su discípulo, oigo el dictamen: «rectificación», «apresamiento del nervio», «quinta y sexta». Y como epílogo: «una dolencia severa».

Abandonado el examen de la pintura ósea me coge el brazo derecho: es un brazo sin vida, el de una marioneta que se mueve por una fuerza ajena. Creo que le sorprende la pérdida de masa muscular y de sensibilidad nerviosa casi hasta el codo. Todavía le sorprende más que todo se haya producido en dos o tres días: «posiblemente será necesaria una intervención quirúrgica». Cuesta arrancarle las palabras. No quiere dar más detalles. Cuando le digo que me causa un dolor insoportable me mira con ojos de una lejanísima comprensión: «evidentemente su lesión es severa y el dolor debe de ser muy fuerte».

Me receta inyecciones de Tilcotín, un antiinflamatorio, y Myolastan, un relajante muscular que ya conozco. Cuando protesto que con eso será totalmente insuficiente, él me mira de nuevo con frialdad: mientras esté en Cuba puedo hacer, si quiero, un tratamiento de rehabilitación que podría iniciar al día siguiente en el hospital. También me aconseja llevar permanentemente un collarín que ahora tendré que ir a buscar. Me despide diciendo que me volverá a ver mañana. Antes de irse me da una hoja con el tratamiento de rehabilitación que las recepcionistas, los ordenanzas y después también mi guía se van pasando de mano en mano.

Pasamos las siguientes horas haciendo trámites para conseguir los medicamentos que hay que obtener en farmacias para extranjeros. Naturalmente hay que pagarlos en dólares. Vamos a dos o tres farmacias de este tipo, a la salida del hospital. Todo el rato el chófer es guiado por el hombre de la americana roja, que continúa imperturbable, mientras el crepúsculo cae sobre las mansiones de Siboney.

Vamos, después, a una casa ortopédica para cubanos, que ya está cerrada. Desde allí nos dirigen a otra dirección que es supuestamente una casa ortopédica para extranjeros. No acabo de entender que pueda haber una casa ortopédica para extranjeros, pero, en definitiva, la hay. A través de las calles oscuras llegamos a un edificio verdoso. Subimos varios pisos hasta llegar a un despacho atendido por una mulata gorda y simpática que me dice que es muy tarde para conseguir una minerva.

Me entero de que el collarín, en Cuba, se llama «minerva»; quizá en España también se llame así, no lo sé. «La minerva es difícil de conseguir a estas horas, señor. La minerva le irá muy bien. Yo he llevado minerva, llevo de vez en cuando minerva.» Paso la última parte de la tarde conversando con la gorda mulata y esperando una minerva que no se sabe exactamente de dónde puede llegar. De vez en cuando hace gestiones por teléfono y me mira con su tranquilizadora obesidad oscura.

Inesperadamente llega un hombre con aspecto de funcionario; dentro de una bolsa de plástico lleva un collarín, una minerva. Se acerca a mí, con la intención de colocarme directamente la minerva. Yo miro con ojos imploradores a la mulata y quizá esta mirada hace que consiga que sea ella, y no el funcionario, quien venga y me ponga el temido collarín. «Una minerva de color de carne»: prefiero que me la ponga ella, y lo hace, además, con una delicadeza y una afabilidad como si todavía tuviéramos todo el día por delante.

Tengo una extraña sensación al salir con aquel collar ortopédico al cuello. Me parece que así debía de ser la situación de los hombres del siglo XVI, con el cuello estirado, tieso. No sé si me producirá una mejoría en mi dolencia, pero, de momento, me da cierta sensación de ridículo: de estar estirado más allá de todo estiramiento, una sensación de jirafa. Creo que no cabré en el coche. Pero entre el chófer y el guía me ayudan a entrar para volver al centro de La Habana.

Ha oscurecido por completo. Las calles también están oscuras. La iluminación es muy escasa. En medio de la oscuridad, de vez en cuando, en las esquinas, surgen de nuevo las miradas. Las pupilas de fuego sobre cuencas blancas. Todo son presencias repentinas. La oscuridad es tan intensa que no entiendo cómo el auto no atropella a los transeúntes o las bicicletas. Pasamos por algunas calles todavía llenas del barro de las lluvias. Eso hace aumentar el peligro de accidentes. Pero, evidentemente, la gente ya está acostumbrada y el coche deja los barrios periféricos y penetra en el centro de La Habana sin ningún problema.

Durante el viaje me recuesto de la mejor manera posible en el asiento. La bestia está al acecho. Quizá Davalú esté sorprendido con la minerva. Me dejo llevar. Ya no hago preguntas. Dejo que el chófer y el guía, que saben perfectamente lo que tienen que hacer, me lleven hasta mi destino, el Hotel Nacional. Ya no puedo preguntar, no puedo interesarme por nada. Lo único que intento es mirar, mirar las miradas oscuras en las esquinas mientras el coche avanza hacia el Hotel Nacional.

Antes de entrar en el hotel me cito con el guía de la americana roja para que mañana me venga a buscar para la primera sesión de rehabilitación en el hospital. Él dice que está a mi disposición. No sé quién lo ha ordenado, pero está a mi disposición. Paso rápidamente por el vestíbulo. Evito ir a recepción para preguntar si hay mensajes. No quiero mensajes, no quiero que me pregunten cómo estoy. Lo que quiero es estar en la magnífica soledad de mi cama atada que me espera en la habitación.

La interminable subida en ascensor a aquella hora, las ocho y media, lleno de turistas que suben y bajan. Consigo llegar a la habitación. Abro la puerta y me lanzo sobre la cama. Ya casi tenía ganas de encontrarme de nuevo a solas con Davalú.

48

VI

Día diecinueve: me despierta una llamada de Silvia Mora preguntándome por mi salud e invitándome a asistir a la conferencia que dará hoy a las diez mi amigo brasileño Eduardo Mauro. Le digo que iré a verlos, pero que precisamente a las diez empiezo la primera sesión de rehabilitación programada ayer por el doctor Ceballos.

La mañana es espléndida. Ya no hay restos del ciclón y la lluvia. El mar está en calma. El aire es transparente y todo ante mí parece un espejo cristalino. Me anima la idea de empezar las sesiones de rehabilitación. También me gusta la perspectiva de que me esté esperando mi guía de la americana roja para conducirme al hospital de Siboney. No sé realmente si este tratamiento dará algún resultado, pero de momento hace que me sienta menos desprotegido frente a mi enemigo.

Procuro no prestarle atención, a pesar de que él me la reclama con unas cuantas sacudidas. Todo sigue igual. Por primera vez pienso si también puede haber una rutina para el dolor, si Davalú puede llegar a ser un rival rutinario. Hasta ahora no lo ha sido. Hasta ahora ha estado permanentemente creativo. Pero no hay nada que sea permanentemente creativo. Ha de llegar un momento en que también Davalú se copie a sí mismo, se imite a sí mismo, sea impotente para crear nuevas formas, nuevas imágenes, nuevos olores, nuevas sensaciones, y entonces llegue a ser un doble oscuro y ridículo de su propia fuerza.

Es como si el poder de Dios llegara a agotarse y lo único que pudiera hacer es calcar sus propios actos. El dolor, en este sentido, es Dios. La bestia es Dios. Pero hasta ahora era un Dios en plena tarea de génesis. Cada uno de los días, cada uno de los momentos ha aportado nuevas sensaciones.

Este pensamiento me resulta paradójico. No sé si prefiero que Davalú entre en una fase de rutina o que, por el contrario, continúe su actividad creadora, con sus donaciones malévolas y horribles. Quizá sea peor entrar en la lógica del dolor sin la heroicidad creativa de nuevas formas y de nuevas invenciones. Intuyo que la conjunción entre la intensidad del dolor y su rutina puede ser insoportable porque implica una absurdidad extrema.

Vuelvo a subir a la noria mecánica de los hechos. Me ducho con rapidez. Bajo a desayunar. Me doy cuenta de que tengo hambre, pero no me gusta la mayoría de las cosas que hay en el bufé. Cojo fruta, queso. Como con hambre mientras recuerdo que ayer prácticamente no probé nada en todo el día. Cuando llegué del hospital no comí. Me sirvo café varias veces.

Salgo del comedor dispuesto a saludar rápidamente a Silvia y, si puedo, también a Eduardo Mauro. Cuando llego a la antesala del auditorio la encuentro a ella moviéndose velozmente, como un ratoncito, de un lado a otro. Se interesa por mi estado sin dejar de moverse. Todo el mundo la reclama. Creo que causa cierta sensación verme aparecer con la minerva al cuello. Varias personas que asistieron a la conferencia de ayer me preguntan qué ha pasado. Les digo que no tiene importancia, un mal gesto. Quizá mañana me la pueda quitar.

Quiero alejarme lo antes posible. Al pasar por la puerta del auditorio veo, hablando ya, a Eduardo Mauro. Compruebo, una vez más, aquella fragilidad física que tanto me sorprendió cuando lo conocí. Oigo algunas de sus palabras. Quizá él también me ve. Escribo una nota un poco humorística en la que le deseo suerte para soportar la mañana y le digo que lo veré después, por la tarde.

Huyo de inmediato. He localizado ya a mi hombre. El guía de la chaqueta roja está tan acicalado, tan espléndidamente solícito como ayer. Parece una estatua que se hubiera mantenido en el vestíbulo toda la noche.

Me pregunta por la minerva. Y entonces es cuando me acuerdo de que esta noche he tenido varias pesadillas en torno al maldito collarín: tenía la impresión de que me estaban estrangulando. Finalmente me la he arrancado. Y mientras vamos en el coche pienso en las escenas de esta noche que ya había olvidado. La opresión de mi cuello suscitaba la risa del cangrejo. Se burlaba de mi aspecto. Todavía podía oír la carcajada de la bestia.

Procuro alejarme de estas imágenes. Instintivamente he puesto de nuevo la mano izquierda sobre el hombro derecho. Como ayer trato de adaptarme al asiento del coche. Me apoyo de manera que pueda ver el paisaje, sobre todo cuando pasamos por el Malecón. Hay una explosión de gente y de vida cerca del mar. El día está atravesado por una luz amarilla, devoradora, una luz que todo lo absorbe con su fuerza. Desde mi posición oblicua trato de captar sus mensajes, trato de que esta luz me alimente. De repente me parece que ha de ser como unos pechos enormes que me alimenten. La luz me puede alimentar, reforzar, ayudar a luchar contra la debilidad.

Cruzamos la ciudad en silencio. Ni el chófer ni el guía dicen nada. Yo tampoco. Estoy pendiente. Quiero conocer las cosas, verlas, observarlas. No puedo privarme de ser un viajero porque Davalú lo quiera. Quiero captar el espíritu de la ciudad. El caleidoscopio cambia. La metamorfosis de las cosas hace que continuamente me encuentre en una situación distinta.

El único eje fijo es el dolor: la opresión, la mordedura, la pincelada eléctrica que me recorre el cuello hasta el codo. Eso es permanente. El resto del mundo gira en torno a este eje: todo cambia, todo es profundamente mutable. Mis estados de ánimo, los hombres, los paisajes. Sólo el dolor tiene un lugar seguro en el reparto: el pulpo con sus tentáculos bien pegados, el mismo pulpo que esta noche se reía de mi minerva. Cuando me la he arrancado eran sus tentáculos los que me quería arrancar.

Ahora sí que la llevo y casi me parece una protección contra la propia piel de la bestia. Necesitaría una minerva interior, una coraza interior que me defendiera de los tentáculos, que me separara de esta piel rugosa y eléctrica que sube a través del hueso. Necesitaría un escudo que me defendiera del tacto íntimo de este dios demasiado cercano.

Llegamos por fin al hospital. Siboney está espléndido bajo la luz de este día magnífico. Me da cierta pena abandonar el paseo en coche a través del barrio, pero al mismo tiempo siento la atracción de someterme a esta terapia que espero fustigue a Davalú.

Entramos. Empiezan los trámites: ordenanzas, recepcionistas, nuevos escritos. Tengo que firmar no sé cuántas cosas, tengo que hacer determinados pagos. La atmósfera es la misma que ayer, pero con una luz mucho más clara. También hay muchos militares, gente que espera por todas partes, decenas de salas de espera con cientos de personas esperando. Reina la resignación.

Después de muchos trámites, avances y retrocesos por los pasillos, siempre con varias recepcionistas y acompañado por mi guía de la americana roja, llegamos a los consultorios donde tengo que hacer la rehabilitación que ha aconsejado el doctor Ceballos.

Empezamos con una sesión de calor que me aplica una chica con aspecto de coreana que lleva una bata llena de manchas. Casi no entiendo lo que me dice porque habla con un acento muy cerrado. Me acerca primero a la espalda una lámpara de infrarrojos. Al fondo hay un espejo medio carcomido colgado en la pared. Cuando me miro me veo delgado, seco. En pocos días me he quedado en los huesos. Veo la perspectiva de mi brazo derecho. Es un brazo que ha perdido musculatura, que ha perdido forma, caído. Por primera vez tengo la certeza de tener un brazo muerto, y eso me horroriza tanto que inmediatamente dejo de mirarme. Para distraerme hago preguntas a la enfermera, pero no consigo entender lo que dice. Prefiero, entonces, mirar al guía, que permanece todo el tiempo inmutable. ¿Quién debe de ser este hombre inmutable? ¿Quién lo ha puesto a mi servicio? No me importa. Sea quien sea, ahora es mi custodio.

Después de la lámpara de infrarrojos me aplican unos electrodos que me provocan un pequeño cosquilleo. Me pregunta si puedo soportarlo. Le digo que sí. Aumenta un poco la fuerza de la corriente. Yo la animo a hacerlo: me parece consolador poder lanzar este ataque. Tendría que ser una descarga auténtica la que lanzara contra el cuerpo de Davalú. Desearía un electrochoque.

Mientras fantaseo con eso, me vienen a la memoria aquellas estúpidas escenas de la plaza del Zócalo de México, donde algunos hombres se someten a descargas eléctricas. Recuerdo una noche en esa plaza. Había un concurso de descargas eléctricas. Un poco más lejos unos chicos soltaban llamaradas con petróleo que quemaban en la boca.

Los pequeños hormigueos producidos por los electrodos me decepcionan rápidamente porque son inapreciables y del todo inocuos para Davalú. Desearía un electrochoque que penetrara directamente más allá de la piel, de la carne, para ir al corazón del cangrejo. Acabo esta sesión con cierta decepción. Naturalmente no podía esperar nada, pero mi imaginación me había llevado a una lucha de magnetismos, de fuego contra Davalú, y todo ha sido demasiado suave.

A través de los pasillos llenos de gente cruzo las salas con más rapidez que nadie gracias a mi cicerone de la americana roja, hasta llegar a una estancia repleta de aparatos ortopédicos que parecen muy anticuados. En esta sala se tiene que producir el segundo ejercicio, que llaman «de tracción». Se trata sencillamente de colgarme de unas cuerdas para provocar el aligeramiento de la compresión de las vértebras.

Miro con gran esperanza las cuerdas y las correas que cuelgan del techo. Una enfermera mulata muy agradable se encarga de colocarme las correas y las pesas. Me dice que puede poner entre siete y diez. Le pido diez kilos. «¿Y no empezamos por siete, mi amor?» Yo le digo que vaya directamente a los diez, pero ella me dice que no: «empezaremos por siete».

Me cuelga. Inmediatamente siento el alivio de ayer cuando el doctor Ceballos me cogió la cabeza y la estiró. Mientras estoy colgado siento, por primera vez en todos estos días, unos minutos de descanso. Es como si se hubiera dormido la bestia, como si se hubiera retirado, como si me hubieran liberado de su dominio.

Pero únicamente puedo estar tres minutos, que a mí se me pasan como segundos. Digo que he estado muy poco rato, que puedo estar mucho más. «No es conveniente, mi amor, no es conveniente. El doctor Ceballos ha dicho sólo tres minutos. Mañana lo haremos más.» Y aquel «mañana lo haremos más» me suena de una sensualidad infinita. De ninguna manera quiero perder el placer que estoy disfrutando colgado de las correas, desprovisto de la presencia de Davalú.

Finalmente se produce el descenso y, con él, vuelve, de inmediato, sin transición, la constancia del dolor más intenso. Está claro que la única felicidad sería continuar colgado horas y horas, días y días, impidiendo el abrazo tentacular.

La operación de pincharme con el antiinflamatorio también dura interminablemente: nuevas estancias, nuevos pasillos, nuevas salas de espera, nuevas gestiones. Se ha de hacer una gestión especial para conseguir jeringuillas desechables. Parece que estén en el otro extremo de la ciudad. Espero en una litera. Al cabo de una eternidad por fin me pinchan y se da por terminada la primera sesión de rehabilitación.

Pregunto por el doctor Ceballos. Me doy cuenta de que mi dependencia de este hombre es exagerada. Me dicen: «le recibirá al momento». Vamos a una sala, en medio de todos los que esperan. No la recuerdo, pero la verdad es que no recuerdo ninguna de las salas de espera. Es un hospital en el que podría estar meses y meses sin que llegara a orientarme a través de sus salas y sus pasillos.

Después de casi una hora veo al doctor Ceballos que avanza por el pasillo. Me levanto. Voy. Me pregunta: «¿Cómo se encuentra?». Le explico que he hecho la primera sesión. «Muy bien. ¿Ha decidido algo?» Le pregunto sobre qué. Dice que sobre si quedarme aquí o volver inmediatamente a España. Seguiré su consejo de quedarme tres o cuatro días, de momento, para tratar de recuperarme un poco. «Muy bien.»

Le vuelvo a preguntar si es posible algún tipo de medicamento más fuerte. Me mira con la misma expresión de sorpresa fría de ayer: «ya sé que sufre mucho, muchacho». Ninguna información suplementaria. «Haga lo de estos días, siga las sesiones de rehabilitación y ya hablaremos.» Le agradezco estas palabras, que duran, en total, medio minuto. Es el único al que doy autoridad para saber lo que significa mi duelo con Davalú. Y entonces acepto todos sus dictámenes. Lo que en otro momento me podría parecer de extrema insensibilidad forma parte del rigor del cómplice, de quien está conjurado contigo en un proceso que los demás desconocen.

Después de ver al doctor Ceballos nos encontramos, de nuevo, a la secretaria que parece principal, al menos es a la que más veo. Es una mujer bajita, risueña, dinámica: «no se preocupe, todo está yendo muy bien, mañana les esperamos a la misma hora para continuar las sesiones». Añade, como si hiciera falta: «el doctor Ceballos es una gran autoridad en la materia». Yo también se lo agradezco con grandes saludos.

Fuera del vestíbulo, cuando veo la luz, me alegro de que por fin haya terminado esta primera sesión y de que tenga todo el día por delante, sin ningún programa. He decidido distanciarme por completo del congreso. Todo el mundo lo entenderá, incluso Silvia. Soy el dueño de mí mismo, el dueño de mi relación con Davalú. Hoy lo llevaré a nuevas trampas, a nuevas estrategias.

Cuando llegamos al aparcamiento, donde nos espera el chófer, decido no volver al hotel, sino que, directamente, nos lleven a La Habana Vieja. De repente le digo al cicerone de la americana roja: «vente conmigo a La Habana Vieja, te invito a comer». Me mira con tranquilidad, sin mucha sorpresa. «Muy bien, señor.»

Compruebo que no tiene unas directrices concretas. La única que parece tener es estar a mi servicio, y al servicio de Davalú a través de mí. Salimos. La luz me da en la cara. Me produce una satisfacción violenta, me siento lleno de vitalidad, con ganas de recorrer la ciudad.

Visitamos el barrio antiguo de La Habana en un estado febril. Camino vertiginosamente, lo pregunto todo. El guía está encantador sin dejar de lado la impasibilidad. Ya sé cómo se llama: Armando.

El chófer ha desaparecido y voy con mi cicerone por La Habana Vieja. Plaza de la Catedral, Plaza de Armas, Calle del Obispo. Pasamos de un lado a otro. Vemos los diversos edificios, restaurados. Me lo explica todo. Inesperadamente nos hemos convertido en cómplices: yo tengo ganas de interrogar, y él de contestar. Cuando me entusiasmo, él se entusiasma, cuando me enfrío, él mantiene entonces ese tono distante y profesional que lo caracterizaba.

Llegamos, en un momento determinado, al Floridita. Entramos, me explica cuál es el rincón de Hemingway. Le digo que tenemos que tomar un daiquiri. Me mira con cierta aprensión, pero me dice: «claro, señor». Tomamos inmediatamente un daiquiri. Son las dos del mediodía. La euforia aumenta. Los dos daiquiris me entran muy bien. Le digo a mi acompañante que tengo hambre, que me lleve a un restaurante en el que podamos estar sentados al aire libre disfrutando del día.

Vamos a un restaurante que hay al final de la Calle del Obispo, cerca ya del puerto de la bahía. Nos quedamos a comer en las sillas del exterior. Parece que aquí hay bastante comercio sexual. Varias jineteras se nos acercan y unos muchachos se ofrecen a unas italianas maduras que hay en una mesa de enfrente.

En medio de nuestro paseo frenético mi guía me ha informado de las sucesivas jineteras que hemos ido encontrando y de sus características. Ahora, cuando estamos más calmados, sentados, concreta: «si quiere le puedo conseguir una mujer, pero, evidentemente, pienso en algo mejor que lo que hemos visto».

Todas las mujeres que hemos visto eran mulatas, y las elogio, pero él me dice que no le gustan las mulatas. Le sugiero si le gustan más las dos italianas que hay delante de nosotros. Me dice que sí, que le encantan. Se comprueba cómo los papeles están siempre invertidos: a Armando no le dicen nada estas mulatas de fuego y, en cambio, le gustan estas italianas maduras que parecen desintegrarse bajo el sol. La conversación se vuelve divertida en esta dirección. Veo cómo, decididas, las italianas por fin se levantan y se alejan con los dos chicos cubanos.

Le pregunto a Armando, de repente, y sin que me interese nada, si sale con alguien. Me dice que sí, que vive con su novia, pero que tiene otras novias. Me indica que me puede presentar a cualquiera de sus amigas. Añade que irá bien para mi estado. Le digo que sí, que ya se lo diré. No insiste, es prudente. Me sigue hablando de sus actividades, de sus ilusiones. Le gustaría, en el futuro, llevar un hotel en no sé qué playa de la costa cubana. Me habla de las grandes posibilidades del turismo, que es el único sector que se halla al margen de la situación crítica de Cuba. Estoy de acuerdo.

Sin muchas ganas le hablo de política: de los balseros, de Miami, de Castro, del conflicto que estos días, según he oído, se ha desencadenado entre los gobiernos cubano y español. Contesta de una manera muy astuta, situándose en un justo punto medio. No le interesa la política. Contesta por educación, ni a favor ni en contra del régimen. Yo tampoco insisto para no violentarlo.

Delante del restaurante hay unas paradas de libros viejos. Me llama la atención la persistencia de la biografía del Che Guevara, una especie de santo que está presente en todas las paradas y que encaja adecuadamente con la artesanía horrible y kitsch que hay delante de la Plaza de la Catedral.

Después de comer con apetito, a la hora del café vuelvo a sentir una fuerte debilidad. De pronto me doy cuenta de que él está presente, de que no quiere ser tratado con tanta desconsideración. Como no le estoy prestando atención, me la reclama con varias punzadas. No es nada nuevo. Son punzadas de reclamo. «Aquí estoy yo, aquí estoy yo. No hagas ver que no estoy. No hagas ver que te has librado de mí.»

El cansancio aumenta con gran rapidez. Tengo ganas de tumbarme y pienso en la cama. Se lo digo al guía. Inmediatamente se pone en pie, pide la cuenta, pagamos. Vamos a una plaza muy próxima al restaurante, en la que pregunta por el precio de un taxi. Lo cogemos y nos dirigimos hacia el Hotel Nacional.

Por la tarde, cuando ya he conseguido dormir un par de horas, quedo citado con Eduardo Mauro a las siete en uno de los bares del hotel. Me lo encuentro, afectuoso, liviano, como siempre. «¿Qué te ha pasado, hombre?» Me gusta cómo dice este «hombre», con ese acento brasileño. Hablamos de fútbol y de Brasil. A continuación aparece también un grupo encabezado por Silvia Mora, en el que están las dos aztecas bajitas y siempre sonrientes, y una italiana de Boloña, de unos cuarenta y cinco años, fuerte y con aspecto de gran vitalidad.

Al verme, la boloñesa me pregunta qué ha pasado. Ella, dice, se curó una vez una lumbalgia con una infiltración de cortisona. Sale, espléndida, la infiltración de cortisona que a mí se niegan a darme. Se habla de mi enfermedad. Me gusta que se hable de mi enfermedad, aunque sea unos minutos, porque después yo podré hacer el gesto elegante de retirar el tema de la conversación. Pero durante un rato mi enfermedad ocupa el centro de la tertulia.

Ha llegado el momento de volver a desafiar a Davalú con una actitud de sociabilidad. La conversación se dispara fácilmente. Hablamos de cosas que animan a vivir. Me dicen que me ven mucho mejor. Yo digo que, en efecto, estoy mucho mejor. Silvia dice: «pero si ya mueves muy bien la cabeza». En realidad la muevo muy forzadamente. Todos me aseguran que la minerva me queda de maravilla. Sobre todo las dos mexicanas miran con avidez. Entonces me parece que estoy viviendo en el mejor de los mundos.

Mientras tanto, noto la sensación que tenía en la conferencia: no hablaba para el público del exterior sino para este público interior único que es Davalú. Ayer no me dirigía al auditorio. Hoy no me esfuerzo por hacer juegos de ingenio para seducir al pequeño auditorio que me rodea, sino para demostrarle a quien tengo que demostrárselo que, efectivamente, puedo hacerlo.

Esto dura hasta las ocho mientras nos tomamos un par de mojitos que me entran directamente donde quiero que entren. Me refuerzan, me mantienen la fuerza, al menos hasta la hora en que está anunciada la separación del grupo. Me preguntan si no iré a no sé qué recepción del ministerio cubano de cultura. Contesto que hoy todavía no, pero que mañana ya tendré fuerzas para ir a cualquier sitio. «Iremos a bailar al Palacio de la Salsa», les digo a las dos mexicanas. Me miran radiantes de placer. Entonces Eduardo, con su maravilloso escepticismo, me dice que no, que descanse, que ya hablaremos, que habrá tiempo «para esos cócteles que son todos iguales». Afirmo que seguramente mañana estaré en condiciones de hacer vida social. Procuro que la reunión finalice. Los voy despidiendo con muestras de jovialidad. «Me encuentro mucho mejor. Mañana nos podremos ver, podremos ir a cenar.»

Cuando salen del bar y me quedo solo, vuelvo a la mesa en la que estábamos donde han quedado los diversos mojitos, algunos vacíos, otros a medio beber. Me siento y me quedo totalmente agotado. El esfuerzo para evitar que notaran el dominio de la bestia ha sido demasiado grande. Mientras las veo alejarse por el pasillo hacia la salida me quedo pensando en mí mismo. Y en Davalú: «¿Has visto? Lo he hecho otra vez. ¿Has visto? Lo he conseguido otra vez». Estoy totalmente agotado, pero satisfecho.

Las paredes del bar están llenas de fotografías de personajes célebres que han estado en el Hotel Nacional desde los años veinte. Las miro desde la mesa, sin fuerzas para levantarme. En unas me parece ver unos soldados o unos asaltantes que defienden el hotel como si hubiera habido un golpe de estado. Veo varios actores, cantantes, imágenes de cómo debía de ser La Habana antes de la Revolución. Varias personalidades del deporte, del cine, del teatro, de la música. Finalmente una foto en la que están comiendo, creo, Frank Sinatra y Ava Gardner.

Me quedo con la cara de la Gardner, un rostro en su mejor momento, radiante de sensualidad y belleza. Me giro y al lado encuentro otra cara igualmente poderosa: María Félix, solitaria, maravillosa, una presencia de diosa en medio de todas esas fotografías.

Después, arrastrándome casi, salgo a los amplísimos jardines que hay detrás del Hotel Nacional, que dan directamente al mar. Unos jardines en los que se insinúa toda posibilidad, pero que para mí, hoy por hoy, son un refugio de sombras. Busco ser una sombra desvaneciéndose en la oscuridad. Camino muy despacio, con la convicción de que nadie me mira, de que nadie me conoce. Continúo hasta el final del jardín: desde allí se ve el mar. Se ven faroles en la oscuridad del mar. Es noche cerrada. A la derecha, en la lejanía, se observan las luces de La Habana Vieja.

El Malecón está muy oscuro, como siempre. Las calles de La Habana están oscuras. De vez en cuando pasan coches antiquísimos. Coches americanos de los años cincuenta, o Ladas, todos ellos en un estado lamentable. Bicicletas sin faros, parejas, sombras, espectros.

Estoy demasiado lejos para ver los ojos. A pesar de ello, los imagino voraces, al acecho por el Malecón. Me siento en un banco para mirar tranquilamente el mar. Me noto muy débil, pero no tengo ganas de volver a la habitación. Me da miedo estar a solas con la bestia y pienso en la posibilidad de sentarme en uno de los confortables sillones de mimbre que hay en el bar del jardín.

Inmediatamente me parece que es una gran idea. Me levanto con muchos esfuerzos del banco, camino despacio. Me doy cuenta de que la parte derecha de mi cuerpo está no sólo sin fuerzas, sino inmovilizada. Como me cuesta mucho moverme, tengo que situarme de manera que eso quede compensado. Me siento en la butaca de mimbre de manera que nadie pueda notar el desequilibrio de mi cuerpo. Me acomodo bien, la silla es confortable: pido otro mojito. Una camarera me lo trae y me quedo estático, muy quieto, sin gastar ninguna energía. Sorbiendo a través de la caña bebo el mojito muy lentamente.

A mi alrededor varios grupos ocupan las demás mesas. La mayoría son españoles, italianos y franceses. Gritan y gesticulan, mientras hablan de las ventajas y desventajas de haber emprendido este viaje. Los habituales grupos de los viajes organizados: clases medias, edades medias, comportamientos groseros. Sobre todo los españoles y los italianos gritan desmesuradamente. De vez en cuando, en la zona de las sillas del jardín que está más a oscuras, se cruzan, provocativas, algunas mulatas que ya han encontrado pareja.

Miro sin gastar energía, como si fuera un espía. Un observador de la vida de los demás, del movimiento de los demás. Y siento envidia por la presencia de estas bellezas jovencísimas, pero una envidia apática. Por ningún estímulo me movería de esta inmovilidad en la que me encuentro.

Por fortuna, cuando son las nueve van desapareciendo los miembros de los grupos organizados. Sólo quedan algunas parejas perdidas en la parte oscura del jardín. Al fin, desaparece todo el mundo.

He pedido otro mojito. Estoy solo, inmóvil. Disimuladamente, algunos camareros pasan ante mí y me miran de reojo, pero sin llamarme la atención. La camarera que me sirve las bebidas viene hasta mi mesa, pero no dice nada, no me dice a qué hora se cierra, si es que se cierra.

El bar está vacío. Y yo continúo sin moverme, continúo sin gastar la más mínima energía. Mientras, absorbo lentamente el mojito sin moverme. Davalú no tiene ninguna capacidad de reacción. Para tenerla necesitaría que yo hiciera un mínimo movimiento, pero no lo hago. Estoy inmóvil, en un total estatismo.

Como colgada en el aire de la noche vuelve una escena de Benarés. Muy cerca de las piras funerarias hay hombres, casi desnudos, que realizan ejercicios de culturismo. Uno, está absorto ejecutando incontables flexiones; más allá, otro se desliza por la espalda un palo acabado en una pesada bola de piedra. Algunos culturistas preparan brebajes, se hacen masajes, se peinan con gran cuidado, se rizan los bigotes ante espejos dorados. La oscuridad huele a cadáver y, por un momento, creo ver chacales arrastrando miembros humanos que han sustraído a las llamas. Sobre mi cabeza algunos buitres describen círculos perfectos.

De pronto, veo la boca de la camarera: «señor, señor, despierte; hace rato que hemos cerrado». Me doy cuenta de que estaba durmiendo al aire libre mientras todo el mundo había desaparecido, incluso los camareros. Entonces me incorporo y, al hacerlo, se despierta, de nuevo, la presencia. Mientras pago la consumición el cangrejo crece y crece, totalmente electrizado. Entonces salgo casi corriendo. Cruzo el jardín, el vestíbulo. No pregunto si hay mensajes para mí. Soy una sombra dentro del hotel, una sombra dentro del congreso. No me intereso por nada y procuro que nadie se interese por mí. Soy un espía, pero no se sabe de qué causa.

Sólo deseo que el ascensor no vaya tan lento como es habitual. Llego al ascensor. Por suerte, inmediatamente se abre y, sin que entre más gente, subo a mi octavo piso. Cuando me quedo solo en la habitación sospecho que Davalú quiere hacerme pagar la burla de todo el día. No sé, sin embargo, si su rencor será rutinario o si se prepara para nuevas revelaciones.

VII

Miércoles, día veinte: Davalú no me ha decepcionado, no ha habido rutina del dolor. La noche ha resultado trepidante y los dos hemos librado nuevas armas, nuevas estrategias. Ha sido una noche dominada por el frío, un frío intensísimo. Era como si tuviera sobre el pecho placas de hielo en las que resbalaba. Estoy en el Caribe, en La Habana, y aun así parecía que me encontrara en un paraje muy frío, cubierto de un gel viscoso. Pasé toda la noche resbalando entre placas de hielo y Davalú parecía querer vengarse de las burlas a las que lo sometí ayer. Yo gritaba: «¡Me acordaré, me acordaré de lo que me estás haciendo!». No quiero que se me olvide. No quiero confundir después sus acometidas. No quiero que todo sea un cruce continuo, sin detalles. Quiero acordarme de todo lo que me está haciendo.

Estaba a la deriva, como si mi cama estuviera a la deriva, entre témpanos de hielo. Todo era extraordinariamente frío, mientras yo gritaba que me acordaría. Y repentinamente escuchaba unos ruidos y me parecía que un pájaro enorme había entrado en la habitación. Sus alas se movían chocando contra las paredes, como si quisiera escaparse, sin lograrlo. Pero no sabía si el pájaro estaba en la habitación o dentro de mí, y también el pájaro era Davalú. Era una sensación extrañísima escuchar cómo iba enfurecido de un lado a otro. El temblor de sus alas me repugnaba y me violentaba. Yo me escondía bajo las sábanas, bajo el cubrecama, bajo aquella manta que había encontrado en uno de los armarios y me había puesto para combatir el frío.

Desesperadamente encendía la luz, pero no había luz. Encendía la luz, pero no conseguía que se iluminara la habitación. Continuaba oyendo el aleteo del pájaro chocando contra las paredes y, al mismo tiempo, en el interior de mis huesos. Me levanté a oscuras y, con tropiezos, fui a buscar la botella de ron. Tanteé sobre la mesa. Finalmente la encontré. Parecía que se fuera a caer, pero la cogí. Necesitaba quemazón, calor. Necesitaba que algo me entrara en la garganta para combatir el frío que me envolvía. Con muchas dificultades trataba de abrir el tapón de la botella. Trataba de abrirlo con la mano derecha y no podía. La izquierda también me fallaba. No estaba acostumbrado. Después de muchos esfuerzos, conseguí abrir la botella y me metí un trago de ron en la boca. Inmediatamente me dio un poco de calor. Me llevé la botella a la cama y le di otro trago. Eso me reconfortó mucho: me parecía que no escuchaba al pájaro. O quizá sí. Ya no lo sabía.

Miércoles, día veinte: me despierta el teléfono. Suena, me parece, muchas veces. Cuando cojo el aparato oigo, al otro lado, que me habla mi guía. «Señor, estamos esperando para el hospital.» Pregunto qué hora es. «Son las diez.» A las diez ya tenía que estar allí. Estoy sin fuerzas. Le digo que bajo inmediatamente. Cuelgo el teléfono. Me doy cuenta de que la cama es un caos. No se sabe lo que hay encima y qué lo que hay debajo. En medio de la cama encuentro la botella, milagrosamente tapada. No entiendo cómo no se ha vertido todo el ron sobre la cama.

Miro hacia la ventana. Entra una luz espléndida. Miro el cielo. Está completamente azul. Pido que me traigan el café a la habitación. Mientras tanto me afeito. Como cada día, la tarea de afeitarse es una prueba negativa sobre la actuación de mi adversario. Veo que tengo menos fuerza que nunca, me siento muy debilitado. A pesar de todo, no quiero renunciar a la prueba conmigo mismo de seguirme afeitando. Apoyo la mano derecha sobre la izquierda. Me hago un corte, pero me afeito. Me pongo de nuevo la maldita minerva que me he sacado unos minutos. Durante la noche la he conservado todo el tiempo. Recuerdo, de nuevo, el sufrimiento que ha significado en medio del frío la obsesión de no quitarme el collarín, de no quitarme la minerva que me oprimía. Después de afeitarme entra el camarero. Tomo rápidamente el café y bajo.

El hombre de la americana roja, Armando, me espera con la misma actitud del primer día, sin inmutarse. Rápidamente vamos al coche y repetimos el viaje en dirección a Siboney. Esta vez no tengo ningún interés por el exterior. Estoy encerrado en mí mismo. No veo el mar ni el cielo, ni las figuras que cruzan las calles; no veo los colores. Estoy tumbado en el asiento trasero. El chófer y Armando van delante, todo el rato en silencio. No pregunto nada, no pido nada. Conozco ya el itinerario, que miro con indiferencia. Ni siquiera tengo fuerzas para mirar los ojos que miran al interior del coche, los ojos que miran siempre con ese vigor que tanto me ha obsesionado.

Al cabo de media hora llegamos al hospital. Se repite la misma ceremonia. Se levanta la barrera del control militar. Llegamos hasta el vestíbulo, encontramos a la recepcionista, atravesamos las salas de espera y a los que esperan. Todo lo hacemos como ayer. Las sesiones de electricidad, los electrodos. Asisto con indiferencia a la liturgia sobre mi cuerpo. Continúo sin entender nada de lo que me dice la chica con la cara oriental y la bata sucia. Tiene un acento que no consigo comprender. Armando me observa impasible, correctísimo, sin decir nada. Esta mañana reina el silencio después de nuestras confidencias de ayer. La enfermera me hace varios comentarios que no tienen respuesta. Estoy totalmente obediente y apático. Me quito la camisa, me pongo la camisa. Evito ese espejo en el que ayer vi reflejado mi brazo.

Acabada esta sesión vamos a la segunda sala, la de la tracción. Allí mi amiga gordita me espera para colgarme. Eso me hace menos ilusión que ayer. Tengo ganas de que me cuelgue, pero el recuerdo de lo que pasa después me mantiene más abúlico. Ella parece darse cuenta de mi estado, porque me dice que la tracción «me hará mucho bien». Le digo que, por favor, me ponga directamente los diez kilos. «Claro, mi amor.» Pido estar colgado más minutos que ayer.

«No puede ser.» Le ruego que sea así. «Bueno, lo intentaremos, pero sólo un poquito.»

Mientras está colgándome me mira con una dulzura maternal. Eso me reconforta. La suspensión produce nuevamente el milagro. Como ayer, se descomprimen las vértebras y Davalú calla. Colgado, entro en el paraíso. Me son indiferentes los aparatos que me rodean, ortopédicos y siniestros. También los demás enfermos que están haciendo extraños ejercicios con estos aparatos. Estoy verdaderamente en el paraíso y, a diferencia de ayer, en que era poco consciente, hoy lo soy tanto que trato de concentrarme, de disfrutar, de ampliar, de eternizar este paraíso que significa la tracción. Y mientras lo experimento no recuerdo una sensación más maravillosa que ésta.

El descenso es dolorosísimo. La enfermera, acostumbrada y amable, me compensa con un masaje dulce, ligero, sobre el hombro derecho, un masaje hecho exclusivamente con la punta de los dedos. Cuando Davalú se reinstala en su trono noto los dedos de la enfermera que me recorren la espalda como si fueran de seda.

Volvemos, después, a nuestro periplo por los pasillos y las salas: gente que espera y militares que hablan despreocupadamente de espalda a las paredes. La tercera de las sesiones es sólo para poner la inyección antiinflamatoria, pero con un gran ceremonial. Trámites, papeles que debo firmar, instancias para ir a buscar la jeringuilla desechable. Espero que venga la persona que tiene que ponérmela. Es la misma que ayer y hace la misma operación, pero parece que todo suponga una novedad. Me ponen la inyección y se acaba, así, la segunda sesión de rehabilitación. Estoy un poco asqueado. Ayer vine con mucha más ilusión. Hoy los gestos han sido demasiado repetidos.

Tengo la esperanza de poder conversar con el amigo Ceballos, pero hoy está claro que no será mi interlocutor. No le podré agradecer su deferencia, no podré estar en contacto con el centinela de mi enfermedad. Sin más dilaciones nos disponemos a salir para coger el coche.

A la salida, de pronto, hay una aparición delirante. Me parece ver, llevando un puro enorme en la boca, al mismo Fidel Castro, pero mi guía me corrige inmediatamente. «Es el hermano de Fidel Castro, el hermano mayor. Ramón Castro, el agricultor.» Es extraordinaria su similitud. Camina exactamente igual, la misma barba, los mismos cabellos, la misma nariz; sólo que tiene la barba más blanca y, efectivamente, visto, después, un poco más de cerca, parece mayor. Pero son calcados.

A la salida, como no doy ninguna indicación, el coche vuelve a ir desde Siboney hacia el centro de La Habana en dirección al Hotel Nacional. Mientras hago el recorrido de regreso con la misma ausencia que en el de ida, me doy cuenta de que me encuentro desprotegido, de que hoy no he preparado ninguna estrategia contra Davalú. No sé qué hacer.

Llegamos al Hotel Nacional. Cuando estoy a punto de dirigirme al ascensor como una sombra, me encuentro un mensaje de Silvia Mora, que me está esperando en uno de los bares del hotel. No puedo esquivarlo. Voy a donde me dice. Allí encuentro a Silvia, que me pregunta cómo va todo. Le respondo que ha habido cierta mejoría. Aun sabiendo que tengo una cara espantosa, me dejo persuadir por su afirmación de que la tengo excelente. Inmediatamente me encuentro entrando en uno de los restaurantes del hotel. En una mesa me esperan Eduardo Mauro y Donatella, la mujer de Boloña.

Se interesan por mi evolución. Digo que todo va bien. Donatella me vuelve a hablar de la mítica infiltración de cortisona, de que ella sabe que alguien sabe que le dieron esa infiltración y le desapareció el dolor. Es una mujer decidida. Estoy seguro de que si estuviéramos en Boloña me solucionaría el problema o intentaría hacerlo. Silvia también es una mujer decidida y trata de aligerar la situación hablando de mil cosas, activísima como siempre.

El único que calla y sólo dice una palabra aislada de vez en cuando es Eduardo Mauro. Lo tengo ante mí y me mira con sus ojitos. Probablemente le aterra el dolor. Es un hombre de una gran fragilidad física. Me sonríe a menudo y me dice que en otra ocasión ya tendremos oportunidad de hablar de muchas cosas, que ahora debo descansar. Me recomienda la terapia de la pasividad. En cambio, las dos mujeres me recomiendan la de la acción.

La primera mitad de la comida estoy totalmente desorientado. No consigo centrarme y mi conversación se hace intermitente y penosa. Después, de pronto, a través de determinadas alusiones a Boloña, me lanzo de cabeza a mis recuerdos italianos. Hablamos de pintura, del Renacimiento. Entonces recuerdo la similitud entre una de las fotos del cadáver del Che Guevara y el Cristo de Mantegna. Me pongo a hablar detalladamente del Cristo de Mantegna y de cómo está pintado. Me lo sé de memoria, puedo describirlo como si lo estuviera viendo en esos momentos. Es uno de mis cuadros favoritos.

Eso me centra y me proporciona de nuevo un control sobre mí mismo. Vuelvo a sentir mi presencia espacial dentro de la conversación. Ya no soy un puro fantasma que los demás están aceptando. He reaccionado. Y la reacción no se dirige únicamente hacia fuera, sino, como ya ha pasado los otros dos días, también hacia el interior de mí mismo. Hacia él.

Después de pasarme la mitad de la comida prácticamente sin hablar, al final hablo sólo yo. Las dos mujeres, sobre todo, me siguen con gran entusiasmo. La italiana confirma todas mis indicaciones sobre la pintura. Hablo del cuaderno de Mantegna, hablo del pintor conservando el Cristo con él. Todo esto me entusiasma y me sitúa en un frenesí hiperexcitado. Trato de controlarme. De todas formas, el único que creo que se da cuenta es precisamente Eduardo, que me mira con esa sonrisa beatífica.

Termino de comer en un estado de gran exaltación. Pero cuando salimos del comedor ese estado se desvanece inmediatamente y la imagen de los grandes espacios de los pasillos y del vestíbulo me parecen la invitación a un vacío que me puede aspirar. Empiezo, otra vez, a tener dudas de contar con fuerzas suficientes para llegar al otro extremo, donde me esperan los ascensores.

Me duele mucho el brazo porque durante toda la comida he estado disimulando mi dificultad de levantar la mano derecha haciendo palanca con el codo. He controlado al máximo los movimientos para que no se moviera el alimento que estaba pegado al cuchillo o al tenedor. Me despido de mis interlocutores con pocas palabras, pero asegurando que nos encontraremos después, a las ocho, para ir al cóctel que dará la embajada brasileña. Eduardo quiere disuadirme. «No, hombre, no. ¿Por qué vas a ir si todos los cócteles son iguales?» Le respondo que iré precisamente porque es la embajada de su país. «No, hombre, no. Descansa.» Pero las dos mujeres me animan muy afectuosamente. «Vente, que así te distraerás un poco.»

Son las cuatro de la tarde y la subida en ascensor es una pesadilla. Parece que haya cientos de personas que entren y salgan en cada uno de los pisos, todas ellas gritando, empujando. Se crea un ambiente claustrofóbico. Y parece que el viaje desde el vestíbulo hasta la octava planta dure una eternidad sórdida.

Cuando llego a la habitación pienso enseguida que debo idear una nueva estrategia para la tarde. Miro los libros que he traído. Me doy cuenta de que desde que he llegado a Cuba no he leído una sola línea, ni libros, ni periódicos. Los examino con cierta repugnancia. Me resulta completamente imposible leer. En estos momentos agradecería mucho tener música, pero, por desgracia, lo único que hay es un televisor, que tampoco he encendido.

Enciendo el televisor. Se ve borroso o yo no sé ponerlo bien. Miro varios canales. Hay dos o tres en lengua inglesa, un canal cubano con cantos y danzas folklóricas. Finalmente veo un noticiero. En la pantalla está el auténtico Fidel Castro, no el de esta mañana, en

Roma, en una conferencia de prensa. Se habla de una entrevista inminente de Castro con el Papa. Después me entero de que el embajador español, el que estaba en la conferencia, ha dejado La Habana. Como la noticia es confusa, no sé si está relacionada con la tensión política entre Cuba y España. También veo las imágenes de un ciclón que hay en Santiago. Quizá sea el mismo que yo viví aquí.

Cuando apago el televisor vuelvo a la cama y construyo una plataforma de almohadones desde la que pueda ver el mar. Procuro acomodarme, doy vueltas y milagrosamente parece que caigo en el sopor. Davalú me fustiga, se queja. Pero la visión de la luz, la visión del sol reflejándose sobre el mar me transporta a una especie de dulce hipnosis que me acoge en su espejismo.

Me despierto a media tarde. Los dolores son los de siempre. Aunque en realidad nunca son los de siempre: son dolores reinventados. Las seis, las seis y media. Lleno la bañera para entretenerme en una operación minuciosa de limpieza: los dientes, me vuelvo a afeitar, me baño con calma, me preparo cuidadosamente para bajar a la cita de las ocho.

A las ocho salimos del Hotel Nacional. Eduardo Mauro me recomienda por última vez no ir. Al minuto de estar en el coche, advierto que tenía razón. Vamos en un auto oficial, no sé de qué oficialidad. Cerca del Malecón, a la salida del hotel, la punzada se vuelve monstruosa. Entonces tengo que apoyar el hombro derecho con toda mi fuerza contra la puerta. Trato de disimular, pero es imposible. Eduardo, detrás, dice: «volvamos, volvamos». Ni siquiera puedo reaccionar diciendo que sí o que no. La punzada insiste. Niego con la cabeza y decido continuar. Me incorporo para que crea que me encuentro mejor. Seguimos.

Durante todo el trayecto Davalú se queja sin parar. No está dispuesto a una burla tan directa como ésta. Trato de combatirlo apoyado contra la puerta y disimulando el dolor. Estoy en silencio, un silencio que Eduardo me respeta. De vez en cuando hago algún comentario, digo algo casi sin sentido para aparentar que la situación es normal. Le pregunto por su trabajo. Le hago hablar. Él es demasiado listo para no darse cuenta de que es una trampa para que hable. Pero habla de libros, también de fútbol. De los jugadores brasileños en España. Yo río porque casi no puedo contestar. Él habla con dulzura. Sabe perfectamente que está haciendo una representación, pero habla. Pasamos por la noche de La Habana en la misma dirección que ya conozco para ir al hospital. La embajada de Brasil también está en Siboney.

Davalú ha estado sublevado todo el camino. Cuando salgo del coche me cuesta mucho incorporarme. Trato de mantener la dignidad. Me he arreglado con cuidado: una americana oscura, los mejores pantalones que he traído, los zapatos relucientes, y la minerva como si fuera prácticamente la culminación del esmoquin.

Empieza el baile de los saludos. Dos ministros brasileños, ministros y viceministros cubanos, embajadores, secretarios de estado. No sé exactamente a quién me presentan. Hay conferenciantes que participan en estas jornadas de las que estoy totalmente ausente. Es mi primer acto social. Me encuentro caras conocidas, pero no las sitúo.

Voy de interlocutor a interlocutor hasta que me paro a hablar con la concejal de cultura de Río de Janeiro. Hablamos de sus grandes proyectos. Me dice que me invitará a participar en ellos. Eso me entusiasma o simulo que me entusiasma. Lo hago para quien yo ya sé. Le hablo, no sé a propósito de qué, del Jardín Botánico de Río y de los maravillosos nombres latinos de las plantas. Después, como si fuera un motivo recurrente, ella me habla de la infiltración de cortisona. Pienso que la milagrosa infiltración es un remedio universal menos para mí. El doctor Ceballos parece ser el único que no cree en ella.

Se meten en la conversación otras personas, entre ellas una mujer de Brasilia con aspecto alemán. Habla con gran dulzura. Se interesa mucho por mi enfermedad. Yo cambio de tema. Todos, para animarme, me dicen que la minerva me queda muy elegante. Me recuerda lo que me dijo una jinetera por la calle: que parecía «un aristócrata como los de antes». Era tan joven que no sé qué quería decir con ese «antes».

Bebo un whisky que he cogido de la bandeja. No como nada porque me resultaría imposible maniobrar con la otra mano. Cada vez soy más consciente de que será difícil aguantar la situación. Miro el reloj con disimulo. Sólo ha pasado media hora desde que he llegado a la recepción y juraría que han transcurrido varias horas. Miro hacia el fondo del jardín. Me gustaría estar allí, entre las sombras. Me gustaría camuflarme. De todas formas, sigo conversando sin saber exactamente de qué.

De vez en cuando veo que se acerca la silueta frágil de Eduardo Mauro. Me pregunta cómo me encuentro. Se va, regresa, vuelve a irse. Es muy conocido por todos los asistentes. Se reclama su atención. A pesar de todo, está atendiendo constantemente a mi situación. Le digo que estoy bien.

Miro el reloj mientras sigo la conversación con el grupo de brasileños. Hablo de mis viajes a Brasil y, sin expresarlo, de pronto se me aparece en la pantalla de la memoria aquella sesión de candomblé en Bahía. Veo la extraña ceremonia: las contorsiones de los santos y de los poseídos, con los ojos en blanco, las danzas, el viejo negrísimo tocando un timbal puntiagudo. Curiosamente puedo hablar de otras cosas mientras mi atención está concentrada en toda esta ceremonia.

Cerca de mí hay un pequeño tumulto. Increíblemente, por segunda vez hoy, surge el doble de Fidel Castro. Es, otra vez, el hermano mayor, a quien vi esta mañana en el hospital. Varias mujeres se hacen fotos con él; fotos que, con un poco de suerte, pueden pasar a la posteridad como fotos con el mismo Fidel. El hermano agricultor, como lo ha definido Armando, se siente halagado. Da la impresión de ser un viejo seductor que vive, precisamente, de parecerse a su hermano.

Voy hacia la periferia de la reunión. Me saludan otros desconocidos. Me pierdo entre los nombres que olvido enseguida. Llega un momento en el que ya no puedo aguantar más. Con disimulo me acerco a Eduardo. «Me voy. ¿Tú crees que alguien podrá llevarme?» Inmediatamente vamos hacia la salida. Busca el coche y el chófer que nos ha acompañado. Me meto en el auto y, sin despedirme de nadie más, le indico que me lleve al Hotel Nacional.

Durante el viaje de vuelta el dolor es fuerte, pero quizá no tan insoportable como a la ida. No estoy contento de mí mismo. Esta vez la representación ha sido menos brillante, menos efectiva. Davalú, por eso, debe de estar más calmado. No está tan enfurecido. Cree que no lo he vencido, que quizá me haya vencido él. Trato de consolarme con la idea de que ha sido una partida terminada en tablas.

Al llegar al hotel no tengo ganas de ir directamente a la habitación. Pienso en la comodidad de la silla de ayer. Salgo al jardín. Por desgracia el bar ya está cerrado para que me sirvan algo. Me siento en la misma silla de ayer y con la misma inmovilidad. Pero al cabo de unos minutos comprendo que no puedo utilizar el mismo recurso.

Cruzo todo el jardín hasta el límite desde el cual se ve la espléndida panorámica sobre el mar. Miro hacia el Malecón. Intento descifrar las sombras que se ven dentro de la sombra. Miro hacia la oscuridad del mar. Se insinúan algunas luces. A la derecha se extiende el paisaje levemente iluminado de La Habana Vieja. Finalmente me siento en uno de los bancos de hierro que sirven de mirador para buscar la posición embrionaria de ayer. No es una silla tan cómoda como la que había en el bar, pero me sirve.

Sopla una brisa fresca. Pienso en el frío de esta noche, ahora no siento. Noto una sensación agradable. Y me quedo contemplando el mar, intentando la misma hipnosis de esta tarde. No lo consigo. Aun así, estoy resignadamente calmado y, jugando a la simetría, Davalú parece estarlo también. Esta vez no está tan rabioso por mi actuación. Me quedo así un rato largo, quizá casi una hora. Debe de ser medianoche cuando me levanto del banco.

El vestíbulo del hotel está desértico. Algunas mulatas bailan en uno de los bares que sigue abierto. Llego al ascensor. No hay nadie. Me parece maravilloso que no haya nadie. Subo tranquilamente, sin parar hasta el octavo piso. El ascensorista me identifica, seguramente por la minerva. Me desea buenas noches y avanzo por el pasillo con parsimonia, muy despacio. No sé lo que haré al llegar a la habitación. Quizá duerma. No lo sé.

Una vez echado en la cama me obligo a pensar en mi mundo, en el que está más allá de este mar negro. Pero me resulta imposible. Uno de los terribles caprichos de Davalú es reclamar toda la atención. Me resulta difícil retener los sentimientos, las emociones, los afectos incluso. Necesito concentrar toda la energía para el combate que tengo con el cangrejo que perfora mi hueso.

Los recuerdos se borran bajo la dictadura de Davalú. La evocación se hace imposible. Estoy obligado a ir hacia lo más inmediato. Intento recrear algunas de las caras de la fiesta a la que he asistido. Pero incluso eso se me hace muy difícil. La memoria se deshace como una burbuja de agua. Davalú exige el alimento instantáneo: reclama continuamente el presente, el presente más directo, más absoluto. Para defenderme le grito que en el futuro recordaré. Porque, en definitiva, lo que él quiere no es sólo que yo sea ahora un náufrago en medio del olvido, sino que lo sea para siempre. Pero yo quiero recordar. Quiero recordar lo que en estos momentos me está haciendo.

Cojo unos papeles de carta del hotel para tomar algunas notas. Hasta este momento no lo había hecho. Retrataré las acciones de Davalú con la esperanza de que así pueda recordar y, al recordar, pueda también librarme de su influencia. Escribo con mucha dificultad. Me cuesta muchísimo, pero finalmente consigo escribir unas cuantas notas que dejo, después, en el cajón de la mesita de noche.

Esto tiene un efecto sedante. Es una afirmación de la voluntad, un acto de resistencia. Apago la luz con la convicción de que podré dormir. Mientras lo intento me consuela la idea de que mi cuerpo es, en cierto modo, el escenario de una revelación, pero de una revelación cuya fuente es él mismo: soy capaz de distinguir la profundidad de las capas de mi carne como si fuera una ciudad condensada. Ahí tiene lugar una terrible aniquilación y una transición a algo nuevo, más vasto. La catástrofe es inminente, el diluvio está a punto de iniciarse. Una agonía desesperante y una revelación maravillosa.

VIII

Deben de ser las siete de la mañana cuando me despierto, cubierto de sudor. Todavía vivas, se remueven en mi cabeza sinuosas imágenes sexuales. No recuerdo exactamente cuáles son, pero sí un eco de su significado.

Era como un canto del instinto que no provenía de un deseo erótico exterior. Brotaba de una sexualidad interior. La fuente estaba alojada dentro de mí: un orgasmo vivo, permanente, sin crecimientos ni descensos. No había un diálogo onírico con otro cuerpo, sino con una parte de mi propio cuerpo. Davalú me adentraba en una sexualidad hermafrodita.

El canto se dirigía hacia el nido del cangrejo, como si realmente fuera el mismo cangrejo el objeto de esta sexualidad obsesiva, posesiva. No disminuía, no crecía, era siempre igual. Y ahora, cuando todavía oigo el eco sé que el intercambio sexual ha sido con Davalú. No retengo las imágenes, pero sí un regusto áspero, fuerte, duro.

Día veintiuno, jueves: mientras me afeito, la prueba iniciática de cada día, me miro al espejo del lavabo. Busco la muerte dentro del espejo, pero no está. Dentro hay una cara que me parece distorsionada, una cara de arlequín, de payaso. No expresa una serenidad mórbida; es una cara con facciones histriónicas y violentadas, máscara de carnaval. Dejo de mirarme los ojos para mirarme cuidadosamente las mejillas, para ver cómo me voy afeitando segmento tras segmento, ayudándome siempre con la mano izquierda.

Pienso en las notas que tomé ayer y que me sirvieron para tranquilizarme. En realidad, durante todos estos días de nada me ha servido cualquier recurso a visiones filosóficas. La filosofía no sirve frente al dolor. Quizá sí frente a la muerte y la destrucción; no respecto al aguijón del cangrejo, no respecto a la actividad frenética, barroca e intensa de Davalú. Sirve más la esgrima, el cruce de espadas, sirve más la comedia, la burla, la representación. La filosofía es demasiado etérea, demasiado abstracta. Los conceptos, las nociones no tienen cabida en este campo de batalla. Son impotentes frente a la fuerza concreta, plástica, de las sensaciones.

Los sentidos sí son buenos guerreros: los sentidos contra los sentidos. Los conceptos no pueden luchar contra los sentidos. Pueden intervenir en la guerra de la vida y de la muerte porque la suya es una estrategia a largo plazo. Pero a mí, desde hace días, sólo se me permite el plazo inmediato. Las espadas chocan en el presente. No tengo tiempo para la perspectiva. No tengo tiempo para visiones de armonía. A lo sumo he podido recurrir a hundir la bestia dentro de un grano de arena en una playa infinita. Pero eso también ha sido una imagen, no un concepto. Para mí la única coraza es el movimiento continuo, la metamorfosis, el disfraz, la mascarada, la farsa, incluso la autorrepresentación de una resistencia que me pueda parecer heroica. Las grandes abstracciones son, ahora, corazas agujereadas.

Consigo afeitarme sin cortarme. Un buen balance. Bajo rápidamente al vestíbulo. Quiero arreglar hoy mi regreso a Barcelona. Es posible que pueda regresar el fin de semana. Quizá el sábado, quizá mañana viernes. Hay cierta inconcreción de fechas. Yo mismo la he mantenido. Quería ver hasta qué punto podía recuperarme. Ahora, sin embargo, estoy convencido de que una recuperación aquí es descartable. Ha llegado el momento de cambiar de escenario para buscar el enfrentamiento definitivo con Davalú.

Voy a la mesa de organización del congreso. Hay, como es habitual, un desorden considerable. Hablo con una secretaria, hablo con otra. Trato de concretar el viaje. Miran en un ordenador y en unas carpetas. Como soy el participante fantasma, creo que han perdido la noción de mi presencia. Soy un pasajero en las sombras.

Finalmente me aseguran que harán todas las gestiones posibles a lo largo del día. Les he dicho que querría irme a más tardar el sábado. También hay una posibilidad el viernes por la tarde. El horario fluctúa. No se sabe todavía a qué hora saldrá exactamente el vuelo de Cubana de Aviación. Les digo que lo reserven y que, una vez reservado, lo reconfirmen, sábado o viernes. De inmediato veo, en un rincón de la sala adjunta a esta mesa de información, a mi guía, estático, mirándome con su sonrisa, pulcro.

Hoy somos puntuales y, de hecho, el recorrido a través de La Habana ya forma parte de una especie de automatismo casi eterno. Me parece que hace muchos días que hacemos el mismo camino, con los mismos gestos, con los mismos silencios interrumpidos por muy pocas preguntas de mi parte, y que esta reiteración durará siempre.

Davalú está relativamente conciliador. Mientras circulamos a través del Malecón, dejo ir la mirada por el mar. El día es brillante, como una joya preciosa. Mi huésped me indica de vez en cuando que no dejará que haga una de las mías. De todas formas, me coloco en una posición más vertical que otras veces, pero siempre apoyándome contra la puerta derecha del coche.

Sin que tenga demasiado sentido, en un momento determinado le pregunto a Armando cómo está su novia. «Muy bien, señor.» Era una pregunta inútil porque sabía que la respuesta sería ésta. Todo lo que se le pregunta a Armando tiene como respuesta una señal positiva. Me gusta. Decido ir hoy, de nuevo, a La Habana Vieja, perderme por las calles. Y eso me anima, aunque tengo miedo de que, al mismo tiempo, esto provoque el rechazo de Davalú y empiece a contorsionarse y a indignarse. No tenía ningún plan previsto y el vacío, como ya he comprobado, es la peor actitud.

Se reproducen las mismas escenas de los días anteriores: la burocracia hospitalaria, las multitudes esperando, las recepcionistas sonrientes, la bata llena de manchas de la enfermera de cara oriental que me pone los electrodos. Después me voy a la sesión de tracción con cierta desgana. La ilusión se ha helado. Hoy también los cuatro minutos del paraíso formarán parte de la reiteración. No me fío de estos cuatro minutos y, al no fiarme, no entro en el paraíso. Me cuelgan con las correas, con la carga de diez kilogramos. Noto el alivio de los días anteriores, pero no la sensación paradisíaca del primer día. Ahora sé que forma parte de una provisionalidad que me devolverá inmediatamente a la presencia de Davalú.

Y así sucede: los gestos mecánicos de ponerme de nuevo la camisa, luego la minerva, de ir por los pasillos con el compañero inseparable que ha vuelto a alojarse en mi interior. De hecho, no se ha ido. Sólo hemos simulado durante unos minutos que se iba.

Las gestiones para la inyección. Cuando ya esperaba ser liberado para llevar a cabo mi plan de ir a La Habana Vieja, me dicen que me verá el doctor Ceballos. Esperamos un poco en una sala, como todas, llena de gente. Gente que siempre parece igual y que siempre es diferente. Soldados, mujeres, algunos niños. Entramos en el despacho del doctor Ceballos, el mismo del primer día, una estancia desolada, austera, absolutamente despojada de ornamentos.

El doctor Ceballos me pregunta cómo estoy. Le digo que mejor. Me mira con escepticismo. Me hace sentar. No me invita a desnudarme ni a quitarme la camisa. A su lado hay otro médico más joven, mulato muy claro, que desempeña las funciones de ayudante, de discípulo, de secretario, no lo sé. El doctor Ceballos le explica mi caso. El otro asiente. Me pregunta qué he decidido hacer. Le digo que pienso regresar muy pronto. Me dice que hago bien, que en estas circunstancias es mejor volver rápidamente. «Con los suyos.»

Le pregunto si le parece inevitable la operación. No se pronuncia exactamente. Sobre todo le pregunto si cree que recuperaré el brazo derecho. Me da una explicación técnica del significado de mi inmovilidad. Me dice, incluso, con un giro inesperado de ironía, que lo que me pasa había sido descrito como «escote de dama» porque realmente inmoviliza a la altura del escote. El ayudante asiente con entusiasmo moderado.

Insisto en que me encuentro mejor. Insisto falsamente. Él simula que me cree. Le agradezco otra vez los esfuerzos de él y del centro por haberme acogido, por su hospitalidad. Me dice que mañana continúe la rehabilitación. Me habla como si la rehabilitación pudiera durar días y días. No sé si es consciente de que, en realidad, se trata sólo de una forma de disimulo.

Después se sienta y escribe informes en unos papeles, cuidadosamente. Dice que me los dará cuando me vaya para que tengan información los médicos que me atenderán en España. Y, al final, en un gesto que no me gusta, vuelve a sacar la radiografía y la pone en la pantalla, para que su ayudante también la contemple y compruebe la rectificación de la columna. La miro de reojo un momento, con asco. No tengo ganas de verla. No tengo ganas de recordar el choque que significó verla la primera vez, aquella visión de mi propia columna torcida hacia atrás.

Nos despedimos con su promesa de que me verá mañana. Le informo que quizá mañana tome el avión de regreso. Pero él hace caso omiso a esta información y me habla como si hubiera otra visita. Me gustaría decirle que estaría dispuesto a operarme allí mismo y aquel mismo día si con la operación pudiera agredir directamente el corazón de Davalú. Pero me reprimo y no digo nada. Primero porque es absurdo decirlo, segundo porque no entendería mi razonamiento. Me limito a darle las gracias otra vez. Salimos.

Mientras vamos de Siboney al centro de La Habana le pido al hombre de la americana roja que me lleven a La Habana Vieja. Esta vez quiero que me dejen allí solo. Me mira sin sorpresa, lo acepta. Cruzamos toda la ciudad. Le hago algunas preguntas para que se sienta necesario a pesar de que quiera pasear solo. Pregunto qué extensión ocupa La Habana Vieja y también cuántas calles están realmente restauradas. Me informa en detalle de todo.

Un poco después de la una ya estoy solo, caminando por la Plaza de la Catedral, por la calle del Obispo. Se me hace raro pasear con la minerva puesta: me produce una clara limitación de los movimientos y de la mirada. A pesar de todo, ya me he acostumbrado un poco a esta nueva visión más propia de las jirafas o de aquellas mujeres que llevaban anillas en el cuello. He de hacer girar continuamente el cuerpo para poderme orientar.

Caminar me produce una gran euforia. Miro voraz todo lo que me rodea. Las casas, algunos negocios, algunas tiendas de helados, de café, caseras, pequeñas, que hay abiertas por todas partes. Todas las calles están llenas. Transita una multitud enorme. Es como si un río se fuera abriendo paso ante mí. Me parece milagroso no chocar con nadie.

De vez en cuando oigo comentarios sobre mí en los que, evidentemente, me identifican como extranjero. Comentarios femeninos, comentarios de niños. «Un dólar»: muchos niños me piden un dólar. La vitalidad de las pieles me estimula. Me siento contento. Davalú, de momento, está en una actitud poco ofensiva.

Cuando salgo unos metros de las calles estrechas me da el sol: un sol violento me quema la cara y me reconforta. Pero cuando vuelvo a la sombra de los callejones miro, sobre todo, los ojos. Los ojos que penetran, los ojos que me penetran, las miradas devoradoras, almendradas, ovaladas, negras, verdes. Desde hace días sé que la mejor arquitectura de La Habana son estas miradas llenas de fuego.

Camino con la molesta sensación de llevar dentro una columna de mármol. Me muevo forzado por una nueva perspectiva. Hago giros que implican volver todo el tronco. Pero eso no me impide que mire desesperadamente todas las cosas. Necesito mirar, absorber. Camino, camino. Sin pararme. Creo que mientras me mueva Davalú no reaccionará. Curiosamente es la sensación contraria a la de aquel día en que estaba en el bar buscando la inmovilidad absoluta. Ahora necesito moverme. Siento una energía especial en las piernas. La energía que me falta en una de las extremidades superiores se comunica, en apariencia, a las inferiores.

Sin darme cuenta entro en un laberinto de calles desconocidas. Ya no es una ciudad con aspecto colonial; es una ciudad miserable. No hay turistas entre fachadas pintadas y palacetes. Las casas son oscuras y sucias, con ropa colgada de colores llamativos y sillas medio rotas en las puertas. Desde la ventana las cabezas me miran. Y, sin pensármelo, continúo avanzando.

Me produce una rara fascinación apartarme de aquella ciudad maravillosa, pero quizá demasiado ordenada. El progresivo desorden, el polvo, el calor, los olores intensísimos. Olores de comidas, de ácido úrico, de verduras, de fruta podrida, de humedad, de miseria. Camino sin plantearme hacia dónde voy. Y doy vueltas, primero hacia la derecha, después hacia la izquierda. Me acompañan todo el rato los comentarios. Comentarios lejanos, murmuraciones.

Camino hasta que tengo la sensación de estar perdido. No lo buscaba. No sé lo que buscaba. Quizá mirar, mirar y huir. Me encuentro perdido y tengo un momento de pánico. Pero lo alejo rápidamente. No me importa estar perdido. Las calles son todas iguales. Doy vueltas. Siento una energía extraordinaria en las piernas. El dolor del brazo ha aumentado en los últimos minutos. Pero, al aumentar, crece también la energía.

Voy rapidísimo, a través de las calles, cautivado todo el rato por las imágenes y los colores. Después de errar mucho rato comprendo que doy vueltas sobre mí mismo porque veo por segunda vez las mismas escenas, las mismas caras. He trazado un círculo completo.

Cuando soy consciente de ello retrocedo. Voy en la dirección contraria. Trato de orientarme de nuevo hacia La Habana Vieja turística, La Habana Vieja restaurada, la que corresponde a los extranjeros. De todas las casas sale música, seguramente de transistores y televisores. Parece que los edificios se aceleren a mi alrededor. Los ojos y los ruidos me producen vértigo. Me da vueltas la cabeza mientras el mundo va a una velocidad extraordinaria. Estoy mareado y me paro a descansar. Un corro de niños me mira con curiosidad. Desde mi rígida perspectiva, el espacio tiene las proporciones alteradas.

Cuando retomo la marcha, el azar me devuelve al punto de partida. Empiezo a reconocer las calles por las que ya había pasado. Enseguida me oriento. Encuentro de nuevo la calle del Floridita, bajo por la calle del Obispo. Cuando llego al restaurante en el que había estado sentado con Armando me detengo con la sensación del deber cumplido. Estoy bastante pletórico.

Me siento en una de las mesas. Siguen las mismas escenas de tráfico sexual que ya había visto. Ahora me interesan menos. Pido una cerveza Bucanero, como habíamos hecho también la otra vez. Después otra. Estoy una hora larga sentado, contemplando exclusivamente la gente que pasa. Ellos también miran, pero ahora yo tengo la ventaja de mi mirador. Por desgracia es peligroso estar parado. Me duele el brazo. Casi no lo puedo mover. Davalú se alborota. Pienso en la manera de controlarlo.

Debería comer, pero no tengo hambre. Sólo tengo ganas de mirar y de devorar con la mirada las imágenes. Sé que eso puede ser el mejor antídoto contra el veneno del cangrejo, contra los tentáculos que recorren el hueso arriba y abajo como si fueran cuchillos que lo cortan poco a poco.

De todas formas, mantengo el control. No hace falta que me apoye en ninguna puerta ni en ninguna pared, aunque tengo el brazo derecho sobre el respaldo de un silla de manera que, cuando hace fal-

84

ta, hago presión para contrarrestar las punzadas. El cuchillo va haciendo pequeños cortes, muy ordenados, que avanzan hacia el hombro derecho. Y yo me defiendo como puedo. «Me acordaré.» Lo amenazo. «Me acordaré y describiré lo que me haces. No quiero que quede en el olvido. Ahora estoy pendiente de ti, pero me vengaré. No quedará en el olvido ninguna de las cosas, ninguna de las pruebas a las que me estás sometiendo.»

Estas palabras silenciosas que me digo a mí mismo me animan a regresar hasta el hotel. Calculo que debe de ser una hora de camino, quizá una hora y cuarto. Bajo verticalmente desde la calle del Obispo hasta la zona de la bahía y giro hacia la izquierda siguiendo siempre el curso del agua. Camino con fuerza. El sol me da en la cara: es un sol fuerte, que me penetra agradablemente. A pesar de tener el brazo derecho caído, las piernas siguen respondiéndome muy bien.

El espejo del mar me deslumbra y me engulle en su magnetismo. Casi no me fijo esta vez en las casas que hay al otro lado del Malecón. Tengo la mirada fija en la refracción del mar, sólo interrumpida por las figuras que voy encontrando en la balaustrada del Malecón. Parejas que se abrazan, amigos que conversan, gente con sus bicicletas apoyadas contra el muro.

Cuando tropiezo con una de estas parejas se levanta el chico y me pregunta «si necesito una mujer». Recuerdo lo que he pensado esta mañana: la transformación hermafrodita que me ha producido el cangrejo. No necesito ninguna mujer; necesito las miradas, pero no una mujer. La sexualidad la llevo incrustada dentro, con el abrazo de Davalú. El chico insiste. Me cuesta quitármelo de encima. Finalmente lo consigo.

Más adelante me paro un momento a ver unos pescadores, sin sentarme. Sus movimientos son tan desganados que no parecen esperar la posibilidad de una captura. Como ellos, aprovecho la oportunidad de tomar el sol. Un fuego dulce me llena toda la cara. De vez en cuando miro hacia los edificios que hay a mi izquierda, pero ya no me interesan. El espejo del mar tiene el monopolio de mi atención porque su deslumbramiento paraliza a Davalú.

Cuando estoy en la habitación del hotel, después del largo paseo, me siento satisfactoriamente cansado. Me tumbo en la cama. Construyo de nuevo la plataforma para mirar el mar desde allí. Enseguida suena el teléfono. Es la voz de Jesús Santamarina, un consejero de la embajada española al que conocí hace unos años a través de un amigo común. Está en el vestíbulo, esperándome. Le digo que bajaré inmediatamente. No puedo negarme, aunque estoy muy fatigado.

Está muy afable, interesándose por mi enfermedad. Me dice que con toda seguridad es mucho menos grave de lo que me han dicho los cubanos porque ellos siempre dicen que las enfermedades son más graves de lo que son. Añade que hago bien en volver a casa. Aprovecho su sugerencia para pedirle que me acompañe a hacer una nueva gestión para el viaje. En la mesa del congreso me confirman que probablemente mañana, viernes por la tarde, saldrá el vuelo de Cubana de Aviación. Esperan noticias posteriores, me dejarán un mensaje.

Santamarina me invita a dar una vuelta por La Habana. En su coche nos espera un cubano, amigo suyo, que trabaja en un museo que está cerrado. No entiendo muy bien de qué museo se trata ni cuál es su función. Es un hombre extremadamente delgado, silencioso. En la conversación sale que tiene creencias orientales, que practica el yoga. De todos modos, casi no habla.

Vamos por una parte de la ciudad que desconozco por completo. De pronto, me encuentro contemplando La Habana desde el otro lado. Probablemente hayamos pasado por un túnel debajo de la bahía y estemos en la otra orilla, o tal vez en una isla delante de la ciudad. No sé exactamente dónde: el nombre del lugar es La Divina Pastora. Santamarina me ha venido a buscar para que pudiera contemplar el crepúsculo desde allí.

El crepúsculo, en efecto, está a punto de iluminar La Habana. Es una luz dorada, magnífica. De todos modos, sin duda por mi estado, no lo siento como otros crepúsculos excepcionales. No tiene la luz de los de San Francisco. No tiene la claridad de aquel inolvidable crepúsculo de Lisboa, amarillo y blanco. Seguramente me faltan fuerzas para apreciar lo que estoy viendo.

Mi incapacidad para disfrutar de la luz, mi actitud tibia me deja sin defensas: Davalú se remueve, el dolor se hace muy intenso. Aun agradeciendo la compañía, me gustaría estar de nuevo en el hotel. La visión del crepúsculo se alarga interminablemente. Después no puedo eludir la invitación de ir a tomar unos mojitos. Nos sentamos en un bar al aire libre. Las seis, las siete. Lentamente se hace de noche.

Santamarina habla de la situación política. Se teme que haya problemas para nombrar a un nuevo embajador español porque, pronostica, Fidel Castro pondrá dificultades a causa de los conflictos surgidos. Contesto con monosílabos.

Noto que los mosquitos me pican, y me trasladan rápidamente a la imagen de las moscas en la pantalla de la radiografía. Me atormentan. Lo insinúo. Los demás no los notan, pero están ahí. Finalmente consigo agitarme lo suficiente como para que se den cuenta de que me encuentro mal. Me preguntan si quiero irme. Digo que no. Después me parece que no puedo más y digo que sí. Y al afirmarlo abiertamente caigo en una capitulación indeseable.

Durante el regreso trato de compensar mi actitud interesándome por la conversación, pero me cuesta mucho. Atravesamos una nueva perspectiva de La Habana que desconocía. Las calles son aún más oscuras de lo que estoy acostumbrado. Santamarina me dice que tengo que volver cuando me encuentre mejor. Le digo que estaría encantado. ¿Cuándo volveré a Cuba? ¿Cómo volveré? Debo volver para quitarme esta pesadilla de encima.

Hacia las ocho llegamos al hotel. Me despido como puedo. El dolor es intensísimo. En estos momentos estoy totalmente vencido. Me alejo de ellos casi a tientas. El ascensor va cargadísimo. Entre la gente están las dos mexicanas sonrientes. Tenemos tiempo de conversar porque el ascensor se para en cada piso. Me preguntan cómo me encuentro. «Seguro que mañana podremos ir a bailar.» Se lo digo con toda seguridad. Pienso en cómo debe de ser el Palacio de la Salsa. Ellas se despiden en el quinto piso, y cuando continúo me encuentro mejor. Las tendría que llamar esta noche e ir a bailar. Río imaginándome la furia de Davalú. Sería la burla definitiva. El ascensorista me mira con perplejidad cuando me ve riendo.

En la habitación no contesto a ninguno de los mensajes. Me hago traer un poco de cena. Ceno con bastante tranquilidad. El cangrejo está pegado, pero sin moverse. Cuando acabo me planteo qué debo hacer inmediatamente. Sé que el peor riesgo está en la duda, en la falta de previsión. No me puedo quedar en la habitación. No me puedo quedar en la habitación. Tengo que salir, aunque no quiero encontrarme a nadie. Hoy necesito una clandestinidad absoluta. Más aun que todos estos días. Necesito ser otra vez el pasajero entre sombras.

Bajo al jardín del hotel para comprobar si mi butaca favorita del bar está ocupada. Me causa gran alegría ver que no lo está. Me siento en la posición de inmovilidad que conozco muy bien. Viene la camarera, me mira cómplice. Le pido el mojito correspondiente. Me pongo exactamente en la misma posición, casi tumbado, con todo el jardín para mí.

Espero que no pase nada distinto de lo que ocurrió la otra noche. Pero al cabo de unos minutos se interrumpe este deseo de monotonía. Se acerca un hombre de unos veinticinco años, un cubano. Lleva una lámina en la mano y, cuando me la enseña, compruebo con sorpresa que es un retrato mío. Estoy dibujado con la minerva, con las facciones idealizadas y tópicas de este tipo de dibujos.

Comprendo de inmediato que lo que quiere es que le pague por el retrato. Imagino que su trabajo es dibujar los rostros del hotel. «¿Cuánto cuesta?»

Niega con la cabeza. No quiere cobrar, asegura que lo ha hecho para mí. Yo le insisto recordando que ésta es su profesión. Y entonces me dice que hace días que me observa. Soy un huésped diferente, estoy en una situación distinta a los demás huéspedes. Lo ha terminado hoy, pero empezó el dibujo hace dos días. Añade que, aunque es cierto que su profesión es hacer estos dibujos, a mí me lo regala.

Me impresiona saber que no he sido tan clandestino como creía. No era el pasajero entre sombras. Al menos no para él. Pero su cara me gusta. Creo que es sincero. Lo invito a sentarse conmigo a tomar una copa. Se sienta. Cuando le traen la bebida nos ponemos a conversar sobre sus proyectos. Es pintor, quiere ser pintor. Le gustaría ir a Europa, a Roma o a París. Como sabe que soy de Barcelona, también dice Barcelona. Hablamos de pintura todo el rato. Quiere visitar todos los museos de Europa. Me cae bien.

A pesar de ello voy perdiendo el hilo de la conversación cuando el dolor empieza a ser muy fuerte. Estoy incómodo. Le digo que me tengo que ir e insisto en pagarle el dibujo. No quiere. Insisto. Finalmente le dejo veinte dólares, no por el retrato, sino para que así vaya reuniendo una cantidad para el pasaje que le traslade a Europa. Cojo el dibujo y salgo sin atender a sus protestas.

En el lavabo de mi habitación me acerco al espejo y pongo el dibujo, como puedo, a su lado. Compruebo los dos retratos: el del dibujo y el que refleja el espejo. Me sorprende ver que, a pesar de la idealización del dibujo, hay algunas concordancias, no sólo con el aspecto extraordinario que me da la minerva, sino porque el dibujante ha apreciado cambios de mi cara. Ha retratado una nueva expresión que yo no conocía. Se me hace obvio que nada ignoramos tanto como la propia cara.

De pronto se me aparecen confundidas la forma reflejada en el espejo y aquella otra dibujada en el papel. Un sombrío icono de un mosaico bizantino: las facciones alargadas, las mejillas hundidas, los ojos fuera de órbita. Un rostro demacrado y transparente, casi radiante. Davalú lo ha sometido, deformándolo, descarnándolo, atravesándolo con un relámpago de palidez sobrenatural hasta que el alma ha quedado a la intemperie.

Dejo el dibujo colgado al lado del espejo. Cuando miro el reloj son sólo las once: me invade una mezcla horrible de miedo y de curiosidad por lo que pueda pasar durante la noche.

IX

Anoche no dormí. Cuando me quedé en la habitación con la perspectiva de poder dormir me entró un terror fóbico a la cama. No quería de ningún modo meterme en ella. Tenía miedo de las escaramuzas que me esperaban. Para evitarlo llené la bañera de agua. No estaba demasiado caliente, pero permanecí un buen rato en ella. Sólo cuando empecé a sentir frío me levanté. No sé qué hora debía de ser, quizá la una, las dos, lo ignoro. No me veía capaz de meterme en la cama.

Me vestí, salí. El pasillo estaba desierto. Todo estaba desierto. Bajé por un ascensor solitario. El vestíbulo estaba prácticamente vacío, casi oscuro, sin la iluminación habitual. Fui hasta el jardín, pero la puerta que daba acceso estaba cerrada. No busqué si había otra, me dirigí a la salida principal del hotel.

El portero me miró con extrañeza, pero se limitó a darme las buenas noches. Todavía había algún taxista. No dije nada, mientras caminaba por la pequeña avenida, por la plazuela que hay delante de esta fachada del Hotel Nacional. Al cruzar la plazuela giré hacia la izquierda, en dirección a La Rampa.

Las calles estaban muy oscuras, no había nadie. De vez en cuando, alguna sombra. Raramente, alguna bicicleta sin luz, algún taxi que se acercaba ofreciéndome sus servicios. Pero no había casi nadie.

Llegué a La Rampa para doblar de nuevo hacia la izquierda y bajar por el Malecón. En La Rampa, siempre llena, tampoco había nadie. Vi sólo un par de coches patrulla de la policía y un taxi que también me ofrecía sus servicios. Continué hasta llegar al Malecón.

La avenida del Malecón estaba desierta, tenebrosa. La crucé en medio de los hoyos, esta vez sin miedo. Iba con mi perspectiva mutilada por el collarín, pero la crucé sin miedo porque ya estaba familiarizado con las alturas de las aceras. Al llegar al mar empecé a caminar en dirección contraria a La Habana Vieja, pasando ante la gran fachada posterior del Hotel Nacional. Sentía intensamente la humedad del mar. La oscuridad era casi absoluta. No había luna o, al menos, yo no la veía. Forzaba la mirada, forzaba el cuello a través de la minerva para ver si la encontraba, pero no sabía verla.

Estuve caminando bastante rato. De pronto, a mi lado, se paró un coche patrulla. Bajaron dos policías. «¿Necesita algo? ¿Se ha perdido?» Les dije que no, que no podía dormir y quería caminar. Pusieron cara de sospecha, probablemente pensando que a aquellas horas, si no se dormía, se podían hacer otras cosas mejores que pasear por allí. Pero no me dijeron nada, me dejaron. Continué sin esperar a ver si se quedaban o se iban. Después de unos cuantos cientos de metros me senté en la balaustrada para contemplar las líneas casi imperceptibles de las olas: quería ver llegar las primeras luces.

No sé cuánto tiempo estuve en la misma posición. La luz tardó mucho en llegar. Con los primeros rayos de sol me puse en pie para dirigirme hacia el Hotel Nacional desde el otro lado, a través de las calles del Vedado. Todo estaba muy desértico aún, pero ya se veía algo de gente. Me miraban de forma extraña. Nadie decía nada. En contraste con el día todo estaba muy silencioso.

Cuando llegué al hotel había un ligerísimo azul, una imagen de algodón azul en el cielo, muy pálido aún. Estaba cansado y contento. Davalú, mientras tanto, había estado amortiguado, quizá despechado. Tenía muchas ganas de tomarme algo caliente, pero el comedor todavía estaba cerrado. Eran las seis, las seis y cuarto. Regresé con mayor tranquilidad a mi habitación. Tenía mucha hambre y quería tomar café. Llamé al servicio de habitaciones. Por suerte, a aquella hora fueron muy rápidos. Siguiendo mis indicaciones me trajeron un desayuno para dos personas. Me tomé el café con avidez y, a continuación, toda la comida.

Viernes, veintidós: el dolor del brazo es constante, pero poco imaginativo, así lo puedo soportar con cierta superioridad. Mientras me afeito veo colgado el dibujo hecho el día anterior pegado junto al espejo. Ayer lo encontré curioso, pero hoy me desagrada profundamente: hago una bola de papel y la lanzo a la papelera. Me afeito con lentitud. Las dificultades son las mismas de cada día. Como el dolor; en realidad, un dolor sórdidamente inalterable. Sólo Davalú y yo, con nuestras luchas, conseguimos que no lo parezca.

Bajo para tratar de solucionar por fin la cuestión del billete. Como aún no se ha abierto la mesa de la organización, rondo un rato por los jardines. La mañana es espléndida. Desde allí se ve cómo se ilumina lentamente el mar. A las ocho en punto de la mañana entro en el despacho del congreso, que acaba de abrir. Las secretarias tienen cara de sueño. Pido la información que me interesa: el mismo desorden de siempre, montones de carpetas, miradas más bien confusas al ordenador. Se incorpora una secretaria que parece tener más autoridad y que yo ya conocía del día anterior. Hace un examen exhaustivo, casi eterno: sí, saldré esta tarde, probablemente hacia las cinco. No puede, sin embargo, confirmármelo. Después se acerca un hombre que tiene aún más autoridad en la materia. Me confirma la salida. Insinúo la posibilidad de hacer desde allí una reserva para un asiento que sea lo más amplio posible. Responde que eso hay que hacerlo en el aeropuerto.

Me doy por satisfecho y me voy. En la antesala me espera, peinado y pulcro hasta el final de los tiempos, el hombre de la americana roja. Lo saludo amistosamente diciéndole que cuando quiera podemos ir al hospital.

Esta vez el trayecto tiene cierto aire de despedida. No puedo dejar de pensar en lo que habría podido ser mi visita a esta ciudad, ya que, a pesar de mi situación, he intuido su poder y su misterio. Vamos en silencio mientras trato de absorber por última vez las imágenes que segregan las calles y las casas. Las conozco con cierta intimidad, ya que siempre hemos seguido el mismo itinerario. Primero por el lado del mar y después dando una curva por el interior de la ciudad hacia barrios progresivamente menos miserables hasta llegar a Siboney. Conozco perfectamente todas las esquinas.

Quiero absorber también las presencias, los cuerpos. Sin duda han sido diferentes cada día, pero con una gestualidad común. Se percibe, como siempre, la sinfonía de colores y de vestidos, la música de los rostros. Los coches antiquísimos, las bicicletas oxidadas, la gente que camina en grupos, abrazada, tocándose mucho, riendo.

En el hospital me incorporo, con nostalgia, a la rueda de la repetición. Las sesiones terapéuticas son para mí puro mecanicismo, puro protocolo. Me someto a los electrodos como quien se toma el último baño de la temporada. Incluso noto cierta simpatía por la enfermera de la mirada oriental. Las manchas han aumentado mucho en su bata. Le doy las gracias por su amabilidad. Me parece que ella no entiende que ésta es la última sesión, porque se despide de mí hasta el lunes. Creo que me quiere comunicar que el fin de semana es fiesta.

Por desgracia, en la sala de tracción ya no está la enfermera de los días anteriores. La chica que me cuelga no domina la liturgia como la otra. Todo se convierte en rutina. Incluso el alivio del dolor, paradisíaco hace sólo tres días, es ahora rutinario. Me habría gustado librarme, esta vez, de la solemnidad burocrática de la inyección. Pero, claro, no es posible. Una ley invisible parece indicar que todo se ha de repetir minuciosamente.

La recepcionista principal dice a Armando que debo ver al doctor Ceballos. Esta vez, quizá por ser la última, la espera me exaspera: el tiempo está parado, prisionero de la conformidad absoluta de los cientos de personas amontonadas en las salas. Irritado, hago preguntar a Armando por qué tenemos que esperar tanto. Esta gestión lo altera un poco. Al final nos informan que el doctor Ceballos está preparando el informe para mis médicos de Barcelona.

El hombre tiene la misma actitud de siempre. Me invita a sentarme, sin levantarse de detrás de la mesa. Todavía escribe el informe, tarea que interrumpe para saludarme ligeramente. Al cabo de unos minutos me pregunta, de repente, si he tenido alucinaciones. «¿Animales, plantas, mosaicos o figuras geométricas, tal vez?» Estoy sorprendido de su pregunta y, sin respondérsela de inmediato, le pregunto qué significaría que fuera así. «Podría estar afectada la médula.» Digo que no, para no satisfacer a Davalú. Me mira fríamente. Es el único cubano con los ojos fríos. Continúa escribiendo. No dice nada hasta que acaba el informe. Lo firma y lo pone con cuidado dentro de un sobre amarillo del hospital, junto con las radiografías del primer día en que estuve aquí. Le agradezco su intención. Me contesta, impasible, que al llegar a Barcelona no deje pasar veinticuatro horas antes de ir a un médico de confianza.

A la salida tengo prisa por ir al hotel. Debo concentrar mi atención en el viaje de regreso. Pienso en la distribución de la maleta. Por suerte llevaba pocas cosas y aquí no he comprado nada. En el coche reina el silencio. Sólo hablo para preguntar a Armando respecto a la organización del traslado al aeropuerto: le insisto en la hora. Quiero estar seguro de que habrá un coche para trasladarme. Me dice que está a mi disposición, como siempre. Quedamos citados a las tres.

Me doy cuenta de que necesito cambiar de escenario, aunque me dé miedo hacerlo. En la maleta intento eliminar todo lo que sea posible. Dejo los libros. No los he tocado en todos estos días. Dejo también las cosas que pesan un poco. Hago la maleta más ligera de mi vida.

Hay varios mensajes. Uno de Jesús Santamarina deseándome un buen viaje y recordándome que tengo que volver a Cuba para disfrutar de una estancia totalmente distinta. Los demás, de Silvia Mora y de Eduardo Mauro, asegurando que nos veríamos antes de que me fuera. De hecho hay, en estos momentos, una comida oficial de la que yo, evidentemente, no tenía ni idea. Quizá sea la comida de clausura del congreso. En el mensaje añadían que se las arreglarían para verme antes de que me fuera.

Por fortuna, cuando bajo a las dos no hay nadie del congreso. Aprovecho para salir por los jardines del Hotel Nacional, donde he estado esta mañana. Mientras paseo entre la gente busco al dibujante del otro día. Lo imagino observándome desde su escondrijo, sea cual sea. Después atravieso el bar para ir a ver los retratos de Ava Gardner y María Félix. Pero me entretengo más con las fotografías de hombres con armas y trincheras. Efectivamente, según leo, las imágenes eran de un golpe de estado que tuvo lugar en el mismo Hotel Nacional a finales de los años veinte.

No sé qué hacer para ocupar la espera. Escribo un par de mensajes para Eduardo y Silvia y los dejo en recepción. Tengo la esperanza de no verlos antes de irme. Prefiero que no vuelvan a comprobar mi estado. Cuando llega Armando, aunque es antes de la hora acordada, le digo que nos vayamos. Tengo prisa.

Quizá incluso demasiada, porque cuando el coche se pone en marcha me golpea una llamarada inquietante: tengo miedo de irme, tengo miedo de lo que hay al otro lado de este mar maravilloso, de volver a mi ciudad, de volver a la supuesta normalidad de mi vida. Sin querer crece en mí la sensación de que si he de convivir con Davalú es mejor hacerlo aquí, como pasajero de sombras, como clandestino. Aquí he vivido la permanente provisionalidad, el presente sin futuro ni pasado que exige el dolor. Es un presente solitario, mórbido, habitante de decisiones aplazadas.

Las sesiones en el hospital eran, de hecho, sesiones totalmente ficticias, tan ficticias como el resto de mis acciones aquí. No tenía que tomar ninguna decisión. Ahora, en cambio, todo tendría que ser velocidad, vértigo de decisiones, siniestra revelación del lado práctico de las cosas. Me aterra pensar en el duelo cotidiano con Davalú, lejos de este caos, de las sensaciones de esta libertad dolorosa, pero infinita, que he tenido aquí, en La Habana. Mientras cruzamos un bosque de enormes carteles con consignas revolucionarias empiezo a añorar ya el aislamiento de estos días.

Las calles se difuminan entre una vegetación cada vez más exuberante: La Habana ha sido para mí una ciudad fantasmagórica, cuando se trata de una ciudad tan plásticamente concreta, con los perfiles tan nítidos, con una existencia tan ilimitadamente contrastada. La vida sale por todos los agujeros de las casas, por todos los poros del suelo. A pesar de ello, para mí es una ciudad cubierta por un velo. La veo a través de una niebla espesa, a pesar de los días de sol. Su imagen está totalmente nublada.

En el aeropuerto le pido a Armando que me acompañe con la maleta hasta hacer todos los trámites de facturación. Como hemos llegado muy pronto, los hacemos con gran rapidez. Después, antes de despedirnos, le invito a tomar una cerveza. Contesta con su fórmula favorita: «¡Cómo no, señor!». Tomamos la cerveza, una Bucanero, con calma, con tranquilidad, hablando de sus proyectos de futuro, de ese hotel que tanto le gustaría llevar.

Entonces, antes de despedirme, sin demasiada justificación por mi parte, propongo que le haga un regalo a su novia. Le doy cincuenta dólares: «para que le compres unos zapatos rojos». Me mira un poco perplejo. Por primera vez ríe abiertamente diciendo que en Cuba con cincuenta dólares se podrían comprar muchos zapatos rojos. Le recomiendo que compre muchos, y nos despedimos.

Voy directamente hacia la zona de pasaportes. Armando está como una estatua. Lo saludo con la mano izquierda antes de dirigirme a la cabina de policías. Los trámites, por suerte, son rápidos también y en pocos minutos ya me encuentro instalado en las salas interiores del aeropuerto. Son pobres, incómodas, como se podía esperar.

Trato de hacer una composición de lugar para identificar el rincón más cómodo.

Oficialmente faltan un par de horas para la salida del vuelo. Observo los rótulos y un monitor informativo, medio estropeado. Una azafata me confirma la hora del vuelo. A las dieciocho horas. Entonces, con terror, compruebo que el vuelo a Barcelona hace escala en Santiago de Compostela. Había creído falsamente que era un vuelo directo a Barcelona y la prolongación del viaje resulta un golpe inesperado.

Paseo por la sala de un lado a otro, estudiando los mejores lugares. Al fondo hay un bar, «El rincón del viajero», que parece el más lujoso. Por desgracia es también el más asfixiante y las cuatro mesas ya están ocupadas. En un altillo hay otro bar destartalado, abierto, que parece facilitar la libertad de movimientos. Sin pensarlo, me instalo en él, sentado, mirando hacia las grandes ventanas que dan a las pistas de aterrizaje.

Pronto, sin embargo, empieza el tormento de los sucesivos aplazamientos de la salida del vuelo. Primero estaba confirmado a las seis. Después se retrasa media hora; después, otra media hora; después, una hora. Durante todo este tiempo estoy sentado en la misma mesa, apoyado en una barandilla que se abre hacia la sala central. Me cuesta saber qué hacer. Por debajo de mí la multitud llena todo el espacio inferior. También el bar está colapsado por la gente que espera.

Colgado ante mí, en el otro extremo de la sala, hay un televisor de propaganda turística que continuamente emite las mismas imágenes: Varadero, pesca subacuática, Santiago de Cuba, La Habana Vieja, la catedral, el Tropicana. Las imágenes se demoran en este último lugar. Entre las bailarinas hay sobre todo una que, en un momento determinado, ocupa toda la pantalla con su cara y sus dientes. Unos dientes enormes que ríen mientras parecen devorar.

El ciclo se repite con las mismas escenas hasta llegar de nuevo a los dientes enormes de la bailarina. Y los dientes de la bailarina son repentinamente las patas del cangrejo que me está rodeando los huesos. El cangrejo son los dientes, los dientes son el cangrejo. Davalú se despierta progresivamente, pero con mucha firmeza.

Es una buena oportunidad para él. Me siento como desnudo, hipnotizado por las imágenes que se repiten cíclicamente. No puedo apartar la vista de ellas: soy su prisionero. Conozco todos los cuerpos que hacen deporte, todos los que hacen pesca subacuática, conozco al detalle todas las escenas de la catedral y de Santiago de Cuba. Sobre todo, obsesivamente, aquella cara, aquellos labios, aquellos dientes, dientes que se abren y se cierran en un gesto caníbal, el mismo gesto que hace a la vez Davalú. Y así hasta que oscurece en la sala del aeropuerto y se encienden unas mortecinas luces de neón.

Embarcamos, por fin, a las ocho. Procuro quedarme el último para evitar ser engullido por la aglomeración de la cola para los autobuses que llevan al avión. Una vez en el aparato quedo instalado en un asiento que no es del todo malo. Relativamente amplio, junto a la ventana. Por suerte, a mi lado, tal y como he rogado en el momento de la facturación, no han puesto a nadie. El avión no va lleno. Eso me tranquiliza mucho. Me molesta, sin embargo, tener la pantalla en la que se ha de proyectar la película sólo a un par de metros por encima de mí.

Me organizo como puedo en el pequeño espacio. Entonces me doy cuenta de que no he cogido libros, ni periódicos, ni nada para distraerme a lo largo del viaje. Como si tuviera una seguridad extraordinaria de que dormiría cuando sé que nunca duermo en los viajes, y menos en aquellos en los que desaparece una noche. Me alegra mucho la perspectiva de comernos una noche. Eso que en otros viajes nunca me había gustado, esta vez me gusta. No existirá la noche del viernes al sábado.

Cuando el avión despega, me apoyo de manera que prácticamente encajo la cabeza dentro del ojo de buey para ver la isla desde el aire.

Es de noche, pero en el último horizonte todavía se ve un leve resplandor naranja. Debajo se vislumbran las pocas luces de La Habana y mientras tanto, inclinado, el avión se aleja. Después de atravesar un grupo de nubes nos adentramos en la negrura. Tardaremos, según dicen por los altavoces, unas nueve horas hasta Santiago de Compostela.

En pleno vuelo Davalú me da una tregua: siento un dolor constante y poco imaginativo. Mientras tanto como todo lo que me traen, despacio, para entretener el tiempo. Tanteo los diversos canales que transmite el auricular. Se oyen bastante mal, pero, milagrosamente, hay uno de música que emite uno de los conciertos de Brandeburgo. Se oye con interferencias, pero me parece un gran descubrimiento: lo continuaré sintonizando mientras veo las imágenes mudas en la pantalla.

Primero hay un informativo de la RAI en el que se ven escenas del viaje de Fidel Castro por Italia. No sabía que se hubiera entrevistado con el Papa. Después de una pausa empieza la película. No tengo el sonido conectado, sino el canal musical, cada vez con peor calidad. La película se titula *Las diabólicas*, o algo así. Reconozco a Sharon Stone y a Isabella Adjani.

Sólo hace unos minutos que observo las imágenes de la película escuchando, al mismo tiempo, la música, cuando el dolor aumenta bruscamente. Me agito en el asiento buscando la posición correcta e, inmediatamente, hago un depósito de cojines y de mantas sobre el que apoyarme, con la dificultad de que no puedo tenderme del todo. No cabe todo mi cuerpo. Para contrarrestar el dolor presiono el hombro derecho contra la mampara del avión, contra el ojo de buey desde el que antes había estado contemplando las escenas nocturnas de La Habana.

Davalú, infatigable, mira la película a través de mí: surgen escenas reiterativas, en las que parece que conspiren todos contra todos en una especie de internado. Hay asesinatos ficticios. En todo caso, veo de aquí para allá la cara de Sharon Stone, que hace de malvada, mientras que Isabella Adjani es la ingenua y dominada por otros. Hay, asimismo, un hombre que, de una manera grotesca, muere y resucita a lo largo de la película.

Me levanto varias veces, dos o tres, para ir al lavabo o, al menos, para caminar un poco. Cada vez que vuelvo a mi asiento me parece ver las mismas escenas de la película. No hay manera de ponerme en una posición en la que combatir activamente la tortura a la que me somete ahora Davalú.

Davalú es de nuevo el pulpo, un pulpo que sube y baja con sus tentáculos. Se concentra en mi cuello. Sube prácticamente hasta la oreja derecha. Tiene tentáculos instalados por todas partes, desde el cuello hasta el codo. No hay manera de que me ponga derecho. Pido a las azafatas varias cosas para interrumpir la rutina del viaje. Casi agradezco esta vez que haya turbulencias. Las turbulencias también rompen la continuidad del trayecto.

Por eso me resulta más duro que, acabada la película, organicen la falsa noche transoceánica. Indefenso, las horas de oscuridad pueden ser las peores. Ya veo a mi alrededor a diversos pasajeros que duermen con los pies fuera del asiento.

Durante tres o cuatro horas no pasa nadie de la tripulación. De vez en cuando camino por el pasillo para buscar agua. Me levanto, me vuelvo a sentar. Miro por el ojo de buey, pero está oscuro. Estamos en la falsa noche. Miro el reloj obsesivamente: cada minuto es una hora. La bestia domina con ventaja. No tengo prácticamente ningún recurso para imponerme.

Con las pocas fuerzas que me quedan trato de acostumbrarme al cambio de escenario: dejo atrás el de la provisionalidad caótica de La Habana. Ahora necesito tener una estrategia minuciosa. Ahora necesito una cabeza fría, que obviamente no tengo, para organizarlo todo, para ver las alternativas, para hacer las gestiones. Me pregunto cómo lo haré. No consigo una respuesta. Tengo un fin de semana por medio, un horrible fin de semana para dedicarlo a organizar esto. Quiero concentrarme en el cambio de escenario, sin conseguirlo.

No lo consigo porque la estrategia del dolor es siempre la misma. Me exige obsesivamente el presente, me exige este momento, no me deja contemplar el futuro inmediato, como no me ha dejado contemplar tampoco el pasado. Ha arrancado la memoria y me arranca también la capacidad de previsión. Mientras el dolor actúa con toda su furia sólo puedo prestarle esta atención inmediata. Y en estos momentos lo hago. Davalú no quiere que me organice, no quiere que piense en la manera de combatirlo.

La escala en Santiago de Compostela se presenta desoladora. Es la falsa mañana del sábado después de la falsa noche. Por desgracia tenemos que dejar el aparato y hacer una escala de dos horas. Al bajar me siento muy fatigado.

Los pasajeros que continúan el vuelo hacia Barcelona llenan completamente el pequeño vestíbulo. No sé si sentarme o permanecer de pie. La gente está irritada, cansada. A pesar de todo, gritan y se enseñan las compras que han hecho en Cuba.

Me quedo inmóvil en un rincón, como una estatua de fuego y, de pronto, me acuerdo de una de las imágenes más crueles que he visto en mi vida. Era en un libro cuyo autor y título he olvidado. En la fotografía, de principios de siglo, se veía el suplicio de un condenado en la China imperial. Lo estaban desollando. Pero era confuso. La fuerza impresionante de la imagen estaba en la mirada. Era una mirada perdida y a la vez incendiada. Parecía sentir un placer extremo. Como la Teresa de Bernini.

Después de dos interminables horas, todo el rato a merced de Davalú, volvemos al aparato, que está tan sucio como lo hemos dejado. Dos horas innecesarias. No lo han limpiado. Esperamos todavía casi una hora más antes de volver a despegar hacia Barcelona. Es de día, un día que escuece en los ojos, un día que es una noche, pero que, ficticiamente, se ha transformado en día. Para mí es la segunda noche en vela. La noche anterior tampoco he dormido. Los ojos me hierven. Me molesta extraordinariamente la luz que entra. Cierro mi ventanilla, pero han abierto otras. Después de crear la ficticia noche transoceánica, ahora se crea la ficticia mañana transoceánica.

Llegados a Barcelona los trámites en el aeropuerto son rápidos, con la excepción de que para recoger la maleta estamos una hora. Me doy cuenta de que no tengo ninguna moneda de cien pesetas para coger un carrito. Me cuesta mucho tirar de él con el brazo izquierdo. Al final, consigo sacarlo.

Las maletas tardan mucho. La mía, lamentablemente, es de las últimas. El dolor se hace insoportable. Llega a las cotas más altas. Tengo continuamente la mano izquierda sobre el hombro derecho. La cinta rueda y rueda. Estoy aterrorizado: por el hecho de esperar, por el cansancio, por el nuevo escenario.

Llega la maleta. Intento salir. Las salidas de «nada que declarar» están colapsadas así que me dirijo a la salida de declarar. Le digo al guardia civil que no tengo nada que declarar. Le señalo la minerva para que me deje pasar. Me dice «¿Ni puros tampoco?». Niego con la cabeza. Me mira la minerva con sospecha, pero me deja pasar.

X

El sábado y el domingo, veintitrés y veinticuatro, transcurren como si fueran uno solo, en un solo bloque. Un bloque dentro del cual estoy hundido en arenas movedizas. No reconozco el nuevo escenario: inmediatamente me doy cuenta de que siento una indefinible nostalgia por La Habana, de mis correrías por el Hotel Nacional.

Me resulta inquietante volver a estar en mi ciudad, en mi casa. Sé que preferiría continuar siendo aquel pasajero entre sombras, aquel clandestino solitario que se movía por los pasillos y por los jardines del Hotel Nacional. Aquí, al contrario, tengo que afrontar la vida concreta. Veo los objetos familiares. Veo el espacio cotidiano. El dominio del cangrejo es incompatible con esta cotidianidad, es incompatible con lo que significa el espacio en el que estoy.

La exigencia de inmediatez me aleja de cualquier posibilidad emocional, sentimental. La bestia me ha vaciado de emocionalidad y eso se pone rápidamente en evidencia en mi relación con Ana. Me gustaría expresarle la alegría que siento de tenerla a mi lado, pero los sentidos no me responden y me avergüenzo de mi insensibilidad. Ella no entiende lo que me pasa. Son dos sintonías diferentes. Trata de comprenderme, pero no comprende; trata de ayudarme, pero no me ayuda. Yo vengo de otra situación, de otras coordenadas. Necesito ser un fantasma y ahora se me exige que ya no lo sea. Necesito vivir entre sombras de delirio y ahora se me exige la realidad.

Ésta es una de las victorias más evidentes de Davalú: me ha vaciado de emocionalidad, de capacidad de afecto, de sutileza. Quiero moverme entre contrastes violentos, no entre sutilezas. La familiaridad, la intimidad me resultan agresivas. Echo de menos el espacio anónimo del hotel.

De todas formas, la fatiga es tan grande que, al llegar a casa, me voy directamente a la cama. Duermo durante algunas horas. De una manera desordenada: me despierto, me duermo. Tengo dolor, pero un dolor que no me impide volverme a dormir. Me gustaría no hacerlo porque eso romperá toda disciplina horaria y me impedirá empezar la estrategia concreta contra Davalú. Tengo que afrontar la burocracia del dolor. Pero, pese a todo, me rindo al propio cansancio y pienso que todavía estoy en una situación de aplazamiento, una situación provisional.

Tengo pesadillas por la tarde, mientras me duermo. No sé exactamente qué hora es en medio del torbellino horario de los últimos días. Hacia el final de la noche, o quizá ya de madrugada, súbitamente decido ir a un servicio de urgencias. No sé por qué voy, ya que realmente no tiene ningún sentido. Quizá necesito una nueva ficción, o una nueva complicidad.

Vamos en un taxi a la Clínica Quirón. En la calle las escenas son las mismas que hace una semana, cuando fui a hacerme la primera de las radiografías. Jóvenes por las calles, grupos, gente que grita por la ciudad. No quiero saber la hora y no se la pregunto a Ana. Por alguna razón no llevo el reloj. En la sala de urgencias tampoco hay. Nos recibe el traumatólogo. Le digo que tengo un intenso dolor. No le puedo explicar la experiencia de Cuba.

Es un hombre con aplomo que aparenta seguridad. Me dice que, evidentemente, eso no se puede solucionar allí, pero que me dará un analgésico más potente. Le hablo de la mítica infiltración de cortisona. Me dice que en algunos casos se hace, pero que él no está en condiciones de hacerlo. De todas formas, consigo que me haga las peticiones de dos pruebas que tienen que ser decisivas para la burocracia del dolor: un electromiograma, para ver mi situación nerviosa y muscular en el brazo derecho, y una resonancia magnética. Pienso que con eso avanzo dentro de la lucha administrativa que tengo que emprender de inmediato. Lucha que, por otra parte, me tiene horrorizado por su sentido absolutamente prosaico.

Al salir de la clínica la noche es la misma que hace una semana. A pesar de ello, para mí no han pasado días, sino meses, y no meses, sino años. Me parece que hace mucho, mucho tiempo que viví las mismas imágenes. Y, de hecho, hace sólo una semana.

Cuando volvemos a casa tengo una sensación totalmente caótica sobre mí mismo, sobre la fecha en la que me encuentro, sobre el espacio en el que vivo. El dolor y la fatiga son muy fuertes, pero sobre todo, en estos momentos, se está produciendo un cambio en mi propia percepción de la bestia.

Ahora Davalú no me inquieta por su violencia, sino porque ha destruido y está destruyendo los vínculos particulares, cotidianos, concretos, los vínculos íntimos de afecto. Estoy totalmente dominado por la indiferencia. Todo lo que no sea mi relación particular plena, directa e íntima con Davalú no tiene importancia, todo lo que no sea el presente más fulminante no tiene importancia, todo lo que no sea la tensión permanente que me provoca con sus caminatas a través del hueso no tiene importancia.

Y eso me aterra. Me aterra verme tan apático con mi propia historia, respecto la muerte, la familia, los amigos. No tengo ganas, de hecho, de llamar a nadie. Davalú no me domina ahora a través de su brutalidad física, sino que ha introducido un componente más refinado, un componente más moral, o más amoral. Me ha colocado en la total amoralidad respecto a mí mismo. Me molesta todo el mundo, me turba la presencia, a mi lado, de Ana. Ella lo sabe, lo nota. Se produce una barrera insalvable.

Entre las tinieblas de los sueños siento la añoranza de mi cama del Hotel Nacional, en la que campaba a mis anchas. Añoro aquel duelo con Davalú. Ahora todo es demasiado concreto, se me reclama la realidad, he de tomar decisiones.

Transcurre el domingo en medio de mi incapacidad para afrontar el cambio de escenario. Tengo que decidir, tengo que empezar a hacer alguna gestión. Tengo que llamar, preguntar, ver exactamente cómo puedo afrontar esta etapa que ha de ser definitiva en el combate contra Davalú. Siento el terror interior de saber que mi cuerpo pide soluciones inmediatas. No puedo aplazar indefinidamente mis determinaciones. Sé, el cuerpo me informa, que debo tomar una decisión rápida, una decisión vertiginosa. Probablemente la operación es inevitable. Casi lo deseo. Siento una delectación morbosa al imaginarme la espada contra Davalú. Por otra parte, no creo que haya tampoco una solución alternativa. Y eso requiere urgencia. El nervio se está destrozando. No sé cuál es la situación de la médula. Probablemente no podré recuperar el brazo aunque lo ignoro. Pero cuanto más tiempo pase, peor. Es, por lo tanto, una lucha contra reloj.

Me duermo durante un tiempo indeterminado. Me despierto de golpe. Veo que son las nueve de la noche. Hay una música muy fuerte al otro lado de la pared, en la que tienen su habitación unos adolescentes. Se oye música de una fiesta familiar. Eso hace que se apodere de mí una furia tremenda. Golpeo la pared y me doy cuenta de que casi no puedo hacerlo. Tengo que golpear con la izquierda, claro. Ellos golpean la pared también. Golpeo, vuelven a golpear. Tengo que desistir. Estoy sometido a la total impotencia. La música me excita. Me traslado a otras habitaciones y empiezo a oír ruidos por todas partes. Los ruidos de la casa, una casa habitualmente silenciosa, se me hacen insoportables.

Trato de repetir las operaciones que hacía en la habitación de La Habana, en la bañera, en la ducha. Pero no tiene el mismo sentido ni el mismo efecto. Me doy cuenta de que no me he afeitado. No he seguido aquella disciplina que seguía rigurosamente en La Habana. Esta vez no lo he hecho. Estoy desconcertado, estoy en sus manos.

Finalmente me calmo caminando por la casa, de un lado a otro. Pongo música, primero baja, después más alta. Necesito que la música de Bach lo inunde todo. Durante días y días he estado soñando con escuchar esta música de Bach que lo inunda todo, que disimula los restantes ruidos, que domina todos los ruidos. Y eso me va calmando, me va calmando.

Ahora estoy más tranquilo, con la cabeza más fría. Empiezo a pensar en el plan concreto. Mañana por la mañana anularé todos los compromisos. Iré inmediatamente al seguro para hacer las dos pruebas. Me informaré sobre médicos y cirujanos que puedan intervenir. Todo se ha de hacer con extrema urgencia.

El lunes por la mañana es imprescindible que establezca un círculo a mi alrededor. Tengo que concentrarme. Tengo que encerrarme. El decorado es, evidentemente, diferente, pero tengo que sustraerme a todas las energías concretas. Me da miedo perder la tensión luchadora de estos días porque necesito esta tensión para destruir a Davalú. Menos mal que él cae en su propia trampa. Pero de inmediato, hacia la madrugada, entre el domingo y el lunes, empieza una de sus actuaciones favoritas. El dolor es muy fuerte otra vez. Me revuelco en mi cama. Es una cama que se me hace extraña. Me produce pánico. El dolor es, ahora, extraordinario. Tengo que mantener la tensión, tengo que mantener la fuerza contra este dolor.

Me aferro a los pasos burocráticos que debo dar. Procuro retener en la mente pautas concretas. Los volantes del seguro, los nombres que tengo que recorrer para preguntar sobre médicos, el requerimiento de urgencia que he de pedir. Eso me hace darme cuenta, con espanto, de que el dolor se ha instalado en una especie de rutina. Davalú ya es poco imaginativo, la bestia es poco imaginativa. Su ataque es fundamentalmente moral. Busca desmoralizarme, busca asediarme a través del vacío de la total indiferencia.

Tendré que concentrar todas mis energías en la resistencia mental. Ésta será decisiva. Ya no se trata de imaginar estrategias físicas, como en La Habana, sino que, aquí, la resistencia mental será prioritaria.

Ahora entramos en la etapa fría, científica, objetiva, médica, prosaica, estricta de este duelo con Davalú, con el cangrejo que me está consumiendo, con el cangrejo que me está destruyendo, con el pulpo que está arrasando con sus tentáculos todo lo que me queda de carne, de cuerpo. Pero debo mantener, asimismo, el fuego del sacrificio para evitar que el absurdo me arrastre. Nuestro cuerpo es el origen y el modelo de todo sacrificio: su punto de partida y su desembocadura. La desnudez herida del cuerpo nos da la medida exacta de nosotros mismos.

XI

El lunes por la mañana me despierto con la cabeza pesada, espesa. Me dirijo en taxi al centro de la ciudad, a la compañía de seguros. Tengo la obsesión de formalizar rápidamente los trámites burocráticos. Allí consigo concretar los centros para hacer la electromiografía y la resonancia magnética. Llamo a los lugares respectivos. Me quieren dar hora para dentro de muchos días. Les digo que es absolutamente urgente. Insisto, lleno de furia. Por fin consigo hacerlo mañana y pasado mañana, a horas insólitas: la electromiografía a las nueve de la noche del martes, el miércoles la resonancia magnética aún más tarde. Me citan a las diez, pero me dicen que puede ser que sea a las once, o incluso a medianoche. Digo que no me importa, que me urge.

Una vez hechos los primeros trámites, me tranquilizo un poco. Vuelvo a casa en taxi. Necesito enclaustrarme frente a todo lo que tiene que pasar en los próximos días. Llamo para romper los compromisos. Hago una lista detallada de todos los que se han de cancelar. La dicto por teléfono. Siento que así empieza un escenario completamente diferente, que todavía tengo que digerir. Un escenario en el que ya no está el movimiento desordenado, caótico, imaginativo de la lucha contra Davalú que había en La Habana. Ahora necesito una mentalidad también diferente. Frente al exceso y el desgaste de energías de allá ahora necesito el consumo mínimo.

Veo mi cuerpo muy debilitado. Lo observo, casi, como si fuera de otro. Probablemente he adelgazado muchos kilos. No me atrevo a pesarme, pero basta con mirarme en el espejo y ver que me he quedado con la piel y los huesos. Siento un agotamiento que me exige el reposo casi absoluto. Desde la cama hago algunas gestiones por teléfono para sondear nombres de cirujanos. ¿Qué traumatólogo, qué neurocirujano? Todavía no lo sé.

Adopto una postura casi fetal, muchos años después, decenas de años después: el reposo absoluto, el mínimo desgaste. La indiferencia emocional es aguda, muy grande, se hace mucho más evidente en la propia ciudad, en la propia casa. Estoy en una actitud de animalidad vegetativa, de vegetal casi. Trato de ocupar la mente exclusivamente en la organización del plan médico que debo seguir en los próximos días.

No sé si la tarde se hace muy larga o muy corta. El tiempo sigue distorsionado. El único tiempo que admite Davalú, aquí y allá, es el presente. El dolor me lleva hacia esta orgía de presente. Sólo me importa lo más inmediato. Y lo más inmediato, al negar las perspectivas, no permite ningún tipo de relación ni con la emoción, ni con los sentimientos, ni con la memoria, ni con el pasado, ni con el acontecer de las cosas, ni con la infancia.

No recuerdo mis años de infancia o de adolescencia, aunque hago una ligera tentativa de rememorarlos. El pasado, si existe, es muy remoto, tanto que traspasa el vientre materno para situarme en la posición de descanso embrionario, de mínimo desgaste embrionario.

Mientras tanto, Davalú está al acecho. El cangrejo está clavado, firmemente clavado. Pero también me parece que ha perdido imaginación, como yo. Los dos hemos perdido fantasía, movilidad y cromatismo. Él está férreamente pegado, traspasándome. La cota de dolor es muy alta, pero eso no quiere decir nada. Sólo a través de las metáforas, a través de las imágenes, de las diversas estrategias de contraste, de contradicción, de burla, de ironía podía definir, antes, las características del dolor. No en la situación actual de neutralidad, en esta situación no hay posible descripción del dolor.

Estoy dominado por él, como un prisionero, y él es el guardián de mi prisión, él me ha encerrado, me ha puesto las argollas, atado con cadenas, rodeado. Pero no es aquel perseguidor a la caza de su presa, aquel que me buscaba a través de los espacios de La Habana, sino que aquí mi condición es diferente, estática, inmóvil. Él es mi guardián, me vigila, me tortura con más o menos fuerza, con más o menos refinamiento.

Me defiendo tratando de gastar el mínimo de energías. Tengo que mantener una simetría con su actitud. Los dos somos mucho más pasivos, los dos nos marcamos de muy cerca. Posiblemente ya nos conozcamos demasiado. Yo conozco sus actitudes, gran parte de sus variantes. Antes me desconcertaba mucho más, antes, durante noches, me daba cartas cambiadas. Ahora lo conozco demasiado, ahora sé cómo actúa. Él también me conoce a mí, reconoce mis burlas. Probablemente sabe que ahora estoy mucho más limitado. Hemos llegado a una situación de tablas en esta partida de ajedrez que estamos jugando los dos.

Por la noche me cuesta mucho conciliar el sueño, a pesar de que me tomo los somníferos; no es por el dolor. El dolor se mantiene estable; lo combato a través de las gesticulaciones y de los movimientos que ya conozco. Son los ruidos. Oigo ruidos desconocidos, ruidos de la noche, ruidos que proceden de los fantasmas de las casas, de los fantasmas de las tuberías. Me cuesta mucho dormirme. Finalmente lo hago tarde. No empiezo a dormir con cierta continuidad hasta que no escucho otros ruidos: los del despertar de la gente que, en otras circunstancias, me habrían molestado mucho. En este caso, tienden a calmarme.

Me tranquiliza comprobar que, en un tiempo relativamente corto, he cambiado ya mi mentalidad. Ya no espero la continuación de la provisionalidad. Quiero ir hacia lo definitivo, sea en la dirección que sea. Ya no espero camuflarme a través de varios aplazamientos.

Ahora quiero el juego definitivo, y éste se ha de organizar de una forma rigurosa, casi militar, como si fuera una estrategia de combate perfectamente pensada, perfectamente detallada.

Sólo me preocupa este juego. El resto es superfluo. Me doy cuenta de la monstruosidad de que sea así, de la monstruosidad de eliminar los sentimientos, de eliminar las emociones. Me doy cuenta de la monstruosidad de destruir relaciones valiosas, como puede llegar a pasar. Pero también sé que la única posibilidad para afrontar esta exigencia de inmediatez, el arma para afrontar la amoralidad de Davalú es mi propia amoralidad.

No me puedo permitir, en estos momentos, dudas morales. Lo único que me puedo permitir es la mente fría, el rigor. Ni siquiera la consideración de pensar por qué he sido escogido yo para esto, por qué, en un momento determinado, yo, y no otro, yo, y en unas circunstancias concretas, he tenido que sufrir la presencia de Davalú, la trayectoria del pulpo, las imágenes alucinantes que he vivido a lo largo de tantos días. No me puedo hacer tampoco esta pregunta. Eso me debilitaría demasiado.

De nuevo me encuentro con que la reflexión intelectual, la reflexión filosófica, no tiene ninguna consistencia en el caso en que me encuentro. No es la cuestión de la muerte, no es la cuestión de la enfermedad. La enfermedad podría ser afrontada a través de nociones, de conceptos, de consideraciones de tipo intelectual. También la muerte. En los dos casos se permite la perspectiva, hay cierta posibilidad de distanciamiento. Lo que a mí me ha aportado Davalú no es la muerte ni la enfermedad, sino la experiencia directa, desnuda, sin precedentes para mí, del dolor físico. Un dolor físico que comporta también un dolor moral, pero que fundamentalmente es físico y, en cuanto dolor físico, exige siempre estar alerta, estar vivo, la imposibilidad de distanciamiento.

Durante los últimos días he luchado contra Davalú a través de representaciones, de farsas y de comedias, de las que en gran parte era consciente. Era una especie de carnaval, una mascarada para afrontar lo que me desbordaba. Ahora es otra la situación. No es el momento del carnaval, de la mascarada. Ahora es el momento de la razón. Pero no de la razón imaginativa y creativa, la constructora de mundos, sino de la razón puramente analítica que diseccione los diversos pasos para dar el golpe definitivo a Davalú. Se impone un análisis absolutamente frío que me permita llevar esta carrera contrarreloj.

Quiero vengarme de Davalú. Así que no lo olvido. He jurado acordarme de las imágenes del dolor, describirlas para que después no caigan en el olvido. El olvido sería el triunfo definitivo de Davalú. Me tengo que salvar, pero debo hacerlo vengándome de él.

Quiero recordarlo todo para que después, si finalmente consigo derrotarlo, no pueda volver el recuerdo de las cosas como fantasmas desordenados, sino que, habiéndolos atrapado, yo los tenga dominados. Y pueda pasar de esclavizado a dominante, a amo que pueda eliminar estas presencias terribles que he venido arrastrando y que ahora me pesan a través de la propia presencia descarnada del cangrejo.

XII

El martes, día veintiséis, me levanto tarde, después de haber dormido mal hasta la madrugada y más tranquilamente a continuación. Y cuando me levanto tengo plena conciencia del cambio de escenografía. He conseguido dar el salto, ya no tengo adicción a la provisionalidad del Hotel Nacional. Llegan unas noticias concretas sobre los mejores candidatos para operar. Hay un neurocirujano que según parece operó a Boris Yeltsin hace unos años; el otro se llama Lorda. Félix Lorda. De inmediato me acuerdo de quién es: mi compañero de vestuario del gimnasio. Es un azar prodigioso. Yo ya sabía que él era médico traumatólogo, pero nunca habría podido imaginar que se presentaría la actual situación.

Me gusta esta información. Recuerdo la primera vez que lo vi. Me pareció un centauro. Su físico es el de un centauro. Da cierta tranquilidad pensar que quien te intervendrá es, al mismo tiempo, alguien con el que has estado despreocupadamente en la piscina. Así podré evitar la dependencia del brujo. Será una visión más prosaica, más cotidiana. El azar se muestra favorable en este sentido. Antes de saber nada más, mi intuición se inclina por el centauro.

Lo llamo. Se pone enseguida. Me reconoce. Se lo explico. Me cita para el viernes. Se muestra muy afectuoso. Le explico las características. Parece ser que podrá acelerarlo. La carrera contrarreloj será posible. Y, después de hablar con el centauro, me voy serenando: la estrategia de combate contra Davalú ha dado sus primeros frutos.

Me paso el resto de la jornada a la espera de la prueba de la noche. La temo especialmente porque está dedicada a valorar la pérdida de fuerza muscular y de sensibilidad nerviosa en la parte derecha de mi cuerpo. Sin poder evitarlo vinculo esta prueba, y los posibles resultados negativos, a todas las imágenes de mutilación de estos días.

La visión del brazo mutilado me hace pensar durante un rato en el significado de la pérdida de la escritura. Casi no puedo escribir: cuatro líneas con una caligrafía horrible. Recuerdo lejanas imágenes de la infancia en las que estaba sometido al aprendizaje de la caligrafía. Mientras veo mentalmente los cuadernos del colegio me viene a la cabeza la posibilidad de que ahora deba aprender con la izquierda. No quiero pensar más en ello.

Salgo para tratar de espantar la presencia de Davalú, poco imaginativa pero constante. Siento un fuerte dolor durante toda la mañana del martes. Entre las diversas gestiones salgo a caminar. Voy hasta la plaza del monasterio de Pedralbes. Y entonces, por primera vez en todos estos días, pienso en actitudes que la literatura nos haya podido enseñar frente al dolor. Durante todos los días cubanos no recurrí en ningún momento a estas referencias.

Dos caras se me vuelven muy vivas. Pienso en Job y en Filoctetes. Ahora encuentro mucho más real, mucho más comprensiva, la actitud del segundo. El dolor vivo, del cangrejo, el dolor de la bestia no puede admitir resignación; el dolor provocado por Davalú no se puede admitir como prueba de Dios. Es totalmente imposible responder con la resignación, con la devoción e incluso con la impasibilidad.

Hasta ahora no he tenido la oportunidad de comprender esta tragedia misteriosa de Sófocles. *Filoctetes*: una de las tragedias más misteriosas, quizá una de las obras literarias más misteriosas que yo haya leído. Cómo Filoctetes fue abandonado en una isla precisamente porque sus gritos, sus espasmos, eran insoportables para la tripulación de la nave de los griegos.

Cuando leí esta tragedia me pareció una actitud innoble. Supongo que a cualquier lector se lo parece. Puede serlo, pero ahora entiendo por qué se produce. Una persona poseída por el dolor extremo es asocial. No puede participar en una empresa colectiva. Lo perturba toda posibilidad de acción comunitaria. Una persona poseída por el dolor rompe todos los vínculos con el exterior, rompe todos los vínculos con la comunidad. Incluso rompe todos los vínculos con Dios si es que cree en Dios.

Y eso es lo que posiblemente hay de falso en la posición de Job. Una persona poseída por el dolor sólo tiene vínculos con su dios-demonio interior, con su bestia interior, de la misma manera que, sexualmente, sólo tiene vínculos, como un hermafrodita, con su propia sexualidad descarnada, orgasmática, que actúa a través de la violencia del propio dolor. Por eso se puede entender el personaje de Filoctetes y la extrema seriedad de Sófocles al plantear esta tragedia. Porque Filoctetes muestra esta asociabilidad radical, esta imposibilidad de conexión, esta necesidad de exilio en uno mismo, esta expulsión hacia el monólogo.

No hay diálogo bajo el dominio de Davalú. Bajo su dominio sólo hay monólogo, un monólogo que se disocia en diálogo interior, pero únicamente con la propia bestia: en duelo, en combate, en conversación, en rito de adoración, en rito de idolatría entre amo y esclavo, entre esclavo y amo. Van cambiando los papeles, van cambiando las posiciones, pero todo se desarrolla dentro de esta esfera interior. No hay afecto, no hay emociones, no hay amor, no hay amistad, no hay civilización, no hay cultura, no hay naturaleza fuera de aquella naturaleza que actúa con toda la virulencia en el interior de uno mismo: la contranaturaleza de uno mismo.

No hay nada más que la perspectiva del cangrejo que devora, fustiga, del cangrejo que corta. El cangrejo convertido en el punto de referencia de todo el universo. Se hace comprensible la actitud cruel del ejército griego, de las naves griegas abandonando a Filoctetes. También se hace comprensible la estancia de Filoctetes en la isla durante años, absorto, encerrado en sí mismo, exiliado y atado a su propio dolor.

Dedico el resto del día a terminar de encerrarme, a terminar de crear un círculo a mi alrededor, que me defienda, una muralla que me proteja de malgastar energías inútiles. Sólo quiero un pequeño grupo de referencia a mi alrededor. Me impongo someterme al aislamiento que me exige el dolor, pero sobre todo al aislamiento que me exige conservar las energías suficientes para ir organizando lo que pasará estos días.

Por la noche, acompañado de Ana, voy al Centro de Diagnóstico en el que tienen que hacer la prueba sobre mis reacciones nerviosas y musculares. Es un piso del Ensanche, con una decoración burguesa apenas modificada para su adaptación a centro médico. Sorprende estar en una sala de espera que es como un salón familiar, con cómoda incluida. Hay silencio, quizá porque es muy tarde. Eso me hace recordar a aquellas imágenes tumultuosas y miserables del hospital de La Habana. Esperamos en la sala hasta que finalmente entro a hacerme la prueba temida. Agradezco mucho la mirada profunda de Ana cuando me despide. Más allá de esta mirada está la oscuridad.

Me desnudo de cintura para arriba y empiezan a aplicarme unas pequeñas conexiones eléctricas. Delante de mí hay una especie de sismógrafo, manipulado por un hombre con bata blanca que empieza a hacer muecas. De hecho, es un individuo desagradable, un poco espasmódico, bajo, delgado, de facciones sórdidas. No sé si es un médico o un técnico, pero me desagrada su actitud de suficiencia siniestra. Empieza a hacer expresiones negativas, dando a entender que, realmente, mi situación es bastante mala. Tiene una actitud de mimo, me parece un mimo afectado, un extraño payaso con bata blanca que va haciendo comentarios desagradables.

Me parece insólito que una persona se permita esta actitud, pero parece que forma parte de la propia suficiencia, o de la propia payasada, la demostración de unos conocimientos que yo no le estoy pidiendo. Pido que me haga la prueba y nada más. Pero ya es inevitable entrar en un diálogo inquietante sobre mi situación. Él me dice que tengo el brazo muy deteriorado, que no reacciona a los estímulos. Me muestra la pantalla: veo la raya del sismógrafo cada vez más mareante, más nauseabunda. Me parece horrible tener que ver ese sismógrafo en el que se refleja, parece ser, mi propia impotencia. El sismógrafo se superpone a aquella otra pantalla de neón llena de vértebras y de moscas. Todo se mezcla en una visión completamente borrosa.

Por fin me dice que se ha terminado la prueba. Me siento humillado, desnudo, no sólo físicamente, sino moralmente. Miro mi cuerpo delgadísimo, miro cómo he perdido toda la fuerza. Y me quedo con la doble impotencia de no poder reaccionar frente a aquel individuo. Querría amenazarlo, pero estoy débil. No tengo fuerza ni poder. Estoy bajo la dependencia de un payaso que, insólitamente, ha tenido una actitud de extrema crueldad, tal vez sin darse cuenta, por pura estupidez, por puro absurdo.

Aunque conozco la respuesta, no consigo salirme del juego y le pregunto qué le parecen los resultados. Y, entonces, es cuando llega la máxima payasada, con un gesto inolvidable de encogerse de hombros, como si todo su cuerpo fuera de goma para demostrarme que, con poco margen de maniobra, lo tengo realmente difícil.

Me dice que, si no actúo con extrema rapidez, mi cuerpo se hundirá. Más que decirlo, lo muestra: le gusta hacer de gran mimo ante mí. Y, además, pronuncia unas palabras extraordinariamente malignas: Hawkings, Stephen Hawkings. Yo me lo quedo mirando con una impotencia absoluta. En otras circunstancias, habría reaccionado con ira, pero reducido a la debilidad y a la humillación, me es imposible salir del círculo vicioso que dibuja este estúpido. Después de su actuación me dice que tendré los informes de las pruebas al cabo de un par de días, aunque ya me ha adelantado el resultado. De hecho, me lo ha adelantado de una manera muy teatral, muy plástica.

Cuando salimos del Centro de Diagnóstico estoy derrotado, totalmente vencido. Quiero huir y tengo la auténtica sensación del terror. Ha conseguido provocarme terror y cobardía. Tengo miedo de lo que pasará, de todo lo que me puede pasar, tengo miedo de que mi cuerpo se hunda por completo. Siento que los músculos, los huesos, los nervios irán deshaciéndose, irán cayendo y que toda la arquitectura se irá destruyendo implacablemente.

Davalú se despierta. Está alegre, triunfante, ve que me he hundido. Lo estoy. El aire fresco de la noche, lentamente, me va devolviendo a la conciencia de que todavía puedo resistir. Pero, al mismo tiempo, me doy cuenta de que ha sido un golpe importante, no tanto por las consecuencias científicas de la prueba, sino por la extraña representación, por la diabólica representación a la que he asistido, con un significado para mí incomprensible, con unos móviles incomprensibles más allá de la pura crueldad, más allá de la pura malignidad creada por el absurdo.

Davalú actúa con fuerza, está risueño y noto como si alrededor de mi cuello, de mi brazo, los tentáculos del pulpo bailaran, resbalando arriba y abajo. No es un dolor fijo, es un dolor que va de un lado a otro, que se desplaza, contento, satisfecho. No me importa, en estos momentos, el dolor físico, por intenso que sea. Me importa haberme debilitado y haber perdido la capacidad de resistencia.

Por la noche me cuesta mucho dormir. El silencio me aterra, pero poco a poco voy saliendo fuera del agujero en el que he caído. Davalú se equivoca. Con su aguijón me despierta y me reactiva. En estos momentos, sin el dolor, estaría más hundido. Pero el dolor me hace reaccionar y recordar el enemigo que estoy combatiendo, el enemigo que tengo que combatir hasta el final.

Hago esfuerzos por recordar para cumplir mi venganza de memorizar todos sus ataques, de registrar todas sus pulsiones. Me doy cuenta de que si no recuerdo con la intensidad necesaria, llegará un momento en que las imágenes de estos días se desvanecerán y seré incapaz de describir lo que he prometido describir sobre lo que me ha hecho Davalú.

Consigo recordar y, al hacerlo, también me voy tranquilizando, porque la memoria es una forma de hostilidad contra mi enemigo. Quiero recordarlo todo. Sólo quiero olvidar la representación siniestra del payaso.

XIII

Veintisiete, miércoles: he dormido poco, confusamente, sobre todo hasta la madrugada. En plena noche he empezado a oír los ronquidos, alguien roncaba muy fuerte. Me ha obsesionado escuchar este ruido: era un ruido continuo, animal, que en mi mente se mezclaba con las imágenes del sismógrafo y con las payasadas del mimo. Toda la noche he estado dando vueltas intentando dormir sin conseguirlo. Y, al igual que ha sucedido estos últimos días, nada más oírlos, los primeros ruidos de la mañana, los ruidos de las actividades domésticas, me han permitido adormecerme y he estado durmiendo casi toda la mañana.

El resto del día lo he pasado en un estado de sopor, de inanición. He hecho algunas gestiones burocráticas y me he dispuesto a esperar la prueba de hoy, la resonancia magnética que tienen que hacerme a unas horas insólitas. He sido citado a las nueve, pero me han dicho que, muy probablemente, será mucho más tarde. Paso la tarde perdido en este estado se semiconciencia.

Espero con impaciencia que llegue Ana, que me acompañará a la prueba. Pero cuando llega se me hace patente otra dimensión de la catástrofe emocional. Me doy cuenta de que no sólo tengo bloqueada la emotividad, sino también el tacto. No quiero que me toque. Cuando Ana se me acerca para besarme, sin pensarlo me la quito de encima, la alejo. No consiento que me toquen, no consiento que me acaricien, que me abracen. De inmediato adquiero conciencia de la terrible dimensión que esto tiene, pero no puedo hacer nada. Me disgusta extraordinariamente hacer daño a quien quiero. Soy consciente, pero no tengo capacidad de respuesta.

Davalú no sólo tiene el monopolio del presente, de la acumulación del tiempo en cada instante, sino que, por lo que veo, tiene también el monopolio del espacio de mi cuerpo, domina mi carne, domina mi piel. Sólo permite que tenga relación directa e íntima con él. Me distancio de todo espacio exterior, del espacio de los cuerpos exteriores, también del cuerpo amado. No quiero el contacto de otra piel.

Se produce, como también en la sexualidad, una especie de autismo del tacto. Sólo siento tacto hacia el interior, sólo tengo sensibilidad hacia el interior, sólo consiento ser tocado, ser agredido, ser torturado desde el interior y me horroriza la posibilidad del contacto físico externo. Naturalmente, no comunico todas estas percepciones, pero el bloqueo en que me encuentro es explícito, queda expresado, me origina un corte brutal, que sería muy doloroso si no estuviera dominado por el otro dolor.

Estoy confuso en una noria que gira, en la que se mezcla la indiferencia, el sentimiento de culpa, el bloqueo, la incapacidad de superar este bloqueo, el hacer daño y el deseo de no hacerlo. Todo gira a mi alrededor mientras estamos en un bar esperando hacer la resonancia magnética. Es una conversación difícil, condicionada por una tiranía ajena. Finalmente tanto Ana como yo optamos por el silencio. Una vez más puedo comprobar hasta qué punto el dominio del cangrejo es absoluto, poseedor del tiempo y del espacio, poseedor de la memoria, de los sentimientos y de las emociones, de la sexualidad.

Mientras estamos en silencio, veo claramente que aun ahora Davalú es más eficaz que en los días de Cuba, cuando yo me movía en medio de las alucinaciones, de incontables imágenes. Porque aquello era activo, lúdico en el sentido tenebroso que puede tener también este término, aquello era imaginativo, una orgía de colores y olores arrastrada por el movimiento continuo de la provisionalidad.

Ahora, en el nuevo escenario en que he entrado, el poder de Davalú se ha vuelto menos plástico, menos visual, pero también más refinado, y ha afectado otros aspectos decisivos. Ahora es un poder frío, gélido, que me va hundiendo en medio de un aislamiento cada vez mayor. En La Habana era físico, aquí es moral: te pone en una urna de vidrio, separado de toda caricia, separado de todo amor, de todo afecto. Davalú se alimenta, como un glotón, con la destrucción del amor.

El dolor es, en estos momentos, muy llevadero porque se ha desviado en otra dirección: se ha irradiado hacia una zona que podríamos llamar la zona del espíritu, del alma. En La Habana no tuve espíritu, no tuve alma, aparte quizá de los tormentos en torno a la pérdida del brazo, y de sus metáforas e imágenes. Pero era un espacio acotado en el que todo estaba dominado directamente por el cuerpo, por el elemento más violentamente físico.

En cambio, con la variación de escenario, aun con todos mis esfuerzos, se ha espiritualizado el efecto del dolor: se ha convertido en moral. No tendría que mantener la coraza de amoralidad, pero la mantengo. Me siento impotente para querer en el sentido habitual que damos al término: para querer con emociones, con sentimientos, para querer tocando, para querer besando, para querer haciendo el amor. No existe ni la remota posibilidad de hacer el amor porque sigo haciendo el amor conmigo mismo, sigo haciendo el amor con el cangrejo, con el pulpo que resbala por mi hueso. Bajo el hermafroditismo del dolor, Davalú es mi único amante.

Cuando me llaman para la resonancia magnética casi es medianoche. Pero no tengo ninguna queja. Con la urgencia, este horario era inevitable. El hombre que me tiene que hacer la prueba no tiene nada que ver, por suerte, con el de ayer. Es una cara agradable que despierta de inmediato mi simpatía. Me trata con suavidad, a pesar de que también él debe de estar cansado por hacer pruebas a estas horas insólitas. Es un hombre de maneras suaves.

Me desnudo. Voy hacia el cañón de la resonancia magnética. Me hace las indicaciones con mucha suavidad y educación. Me meto dentro del tubo. Tengo que estar, me dice, cuarenta minutos completamente inmóvil. Cuanto más quieto esté, más se facilitará, precisamente, la resolución de la prueba sin repeticiones.

Le cuesta acomodarme, soy demasiado largo. Le cuesta ponerme bien. Me duele el brazo. A pesar de todo, intento estar lo más cómodo posible. Me dice que hay un micrófono interior desde el que me irá dando orientaciones y que escucharé una especie de tictac que me irá repercutiendo en la oreja. Por fin, siguiendo sus instrucciones, soy introducido dentro del cañón. Oigo el micrófono, me da algunas indicaciones. También me dice que estará conectada la radio, cosa que no acabo de entender, pero que, probablemente, forma parte de una táctica para tranquilizar a la gente a la que someten a la prueba. Lamentablemente, la radio no es musical, sino informativa. Son las noticias de una emisora local.

Sé que la prueba ha empezado porque también empieza el tam-tam, el tictac, el latido, se empieza a oír como si fuera un gran corazón que palpita. Estoy tranquilo, en una situación relativamente cómoda, y espero que vayan pasando los minutos. Mientras tanto, entre el tam-tam y el latido, oigo las noticias de la radio. El anticiclón se aleja, habrá bajada de las temperaturas y lluvias. En Ruanda han descubierto una fosa común con cientos de cadáveres. No se sabe nada de la masa de fugitivos perdida en la selva. Los comerciantes y la Administración no se ponen de acuerdo sobre la fecha de inicio de las rebajas.

Al cabo de un rato una voz interrumpe las noticias: la prueba está saliendo con nitidez, hay claridad de imágenes, tengo que seguir quieto. La radio vuelve a transmitir. Un cocinero explica en detalle una receta de cocina: «Para hacer un buen sofrito nos hacen falta, en primer lugar, tomates, bien rojos y maduros, pasados por la picadora, y cebollas. En una sartén con aceite bien caliente tiran la cebolla picada y la van removiendo para que no se queme. Después añaden el tomate. Atención, porque si la sartén no es lo bastante profunda, les salpicará. Pongan las especias que quieran, que no falte orégano, y no olviden un buen chorrito de vino tinto. Así habrán hecho rápidamente un sofrito imprescindible como base de cualquiera de nuestras comidas mediterráneas». Continúa el tam-tam.

Cuando soy rescatado del cañón ha pasado casi una hora. El hombre me pregunta si quiero ver las imágenes, que han salido muy bien. Le digo que sí. Me visto y después me pongo delante de un monitor de televisión. Empiezan a salir las imágenes seccionadas de mis vértebras. Me cuesta entenderlo, pero me resulta curioso verme con tanto detalle, con tanta intimidad. Me habla de secciones longitudinales, segmento tras segmento. Mi hueso se transforma en un yacimiento geológico y nosotros viajamos por sus estratos.

Llegamos a la zona maldita. Se ven unas sombras blancas. De hecho, mientras todo esto sucede y oigo la descripción de los aspectos anatómicos de mi organismo, de mis vértebras, de mis huesos, lo que yo estoy buscando cuidadosamente es al cangrejo, es al pulpo. Es a Davalú a quien busco. Lo busco en medio de estos juegos de sombras blancas y negras, en medio de las galerías que transcurren por mis huesos, mi médula y mis nervios.

Estoy al acecho de cada detalle. Lo señala con el dedo, pero no me llama la atención con las descripciones puramente pasivas y físicas. Estoy buscando a Davalú, y cuando llegamos al tramo decisivo, en el que, bien visible, aparece la gran hernia, me parece verlo con toda su violencia. Y el monitor se llena de figuras monstruosas, se llena de un cangrejo que es también un pulpo, que es una serpiente, se llena de tentáculos. El monitor está ocupado por una auténtica metamorfosis de formas que amenazan con escaparse de la pantalla para invadir la sala en la que nos encontramos y, después, la ciudad y el mundo.

Aparto la mirada porque, realmente, no puedo aguantar más la sensación de que aquel aquelarre se está produciendo en el interior de mi organismo. Lo he visto como proyectado al exterior, pero resulta insoportable saber que todo está sucediendo dentro de mí. Y, de pronto, el dolor se pronuncia; de pronto, Davalú se manifiesta para recordarme también él que no es una pura representación lo que veo, sino que la gran mascarada está teniendo lugar en mi interior.

Me aparto bruscamente de la pantalla. El hombre me dice que los resultados estarán de aquí a dos o tres días. Le digo que los necesito urgentemente para el viernes. Me dice que entonces pase a primera hora de la mañana del viernes a buscarlos. Le pregunto qué opina. Me mira con su cara afable mientras se toma un tiempo prudencial antes de contestar. Finalmente me dice: «opérese, opérese; cuanto antes, mejor». Cuando parece que ya no va a decir nada más me pregunta si he tenido alucinaciones. «Explíqueselo a los médicos. Sería señal de que la médula puede estar afectada.» No le contesto porque sólo puedo pensar en el arte magistral y siniestro de Davalú. Doy las gracias mecánicamente.

Es una extraña sensación ser un intocable, sentirse así. En estos momentos me siento un intocable porque no puedo ser tocado, porque no soporto ser tocado, y como intocable también me siento un paria, un desposeído. Debe de ser una de las peores condenas no poder ser tocado. La gente se toca para comunicarse. El sentimiento de estar encerrado en mí mismo, en una urna, el sentimiento de intocable es, en el sentido más real, el sentimiento de ser un total desposeído, aquel que no se puede comunicar. No hay forma más directa y primitiva de comunicarse que tocarse. Y es una sensación absolutamente abismal no poder hacerlo. A pesar de ello, no soporto de ningún modo la idea de ser tocado porque, desde dentro de mí, estoy monopolizado. El tacto está monopolizado por Davalú. La idea de ser un intocable me obsesiona y me acompaña hasta el final de la noche.

XIV

He pasado buena parte de la noche dando vueltas al hecho de ser un intocable, a la percepción de aislamiento físico y sensorial, hasta el punto de observar, con cierta morbosidad, cómo me rozaban las sábanas. Daba vueltas en la cama y tenía la sensación de ser agredido por las mismas sábanas. Era como si necesitara una desnudez en suspensión, sin que nada me tocara, ya no únicamente personas, sino tampoco objetos, como si mi cuerpo, mi piel, tuvieran que estar separados de todo contacto. Y esto ha agudizado extraordinariamente mi sensación de distancia de todo lo que me envolvía, de estar comprometido única y exclusivamente a través de mi relación íntima con Davalú.

Lejos de la muerte, lejos de la memoria, obsesivamente ligado al presente, lejos de los espacios abiertos, como cercado, como encerrado en un único espacio, lo que he sentido por la noche es una sensación de separación casi planetaria: era una especie de molécula, de átomo o de planeta, de fragmento totalmente separado del resto de las cosas, totalmente volcado en él mismo. Y este autismo, esta endogamia bestial me hería profundamente, me imagino que para deleite de mi torturador.

Día veintiocho, jueves: por la mañana me he levantado con la obsesión de la memoria que me ha sido secuestrada, condenado a una permanente amnesia a lo largo de tantos días. Y sobre todo con el terror de que esto no fuera únicamente un proceso provisional, sino que se me hubiera robado, se me hubiera arrebatado para siempre lo que era mío.

Gestión telefónica: la hospitalización será en la clínica Quirón. Hago una asociación de ideas que me resulta divertida y balsámica. El centauro y Quirón, el centauro Quirón. Recuerdo la figura del centauro Quirón. Mi operador, mi clínica, juntos en una misma asociación. El centauro Quirón es una de las figuras más sabias, más bondadosas de toda la mitología antigua. Me gusta quedar en manos del centauro Quirón. Es un puro juego de la fantasía, un recurso metafórico. Pero, como todas las cosas, en el estado en que me encuentro tiene para mí un gran significado. En este estado excepcional he creado toda una mitología que antes me era desconocida.

La Habana fue una continua creación mítica a mi alrededor. Ahora continúa esta mitología. Davalú y yo hemos creado un universo mítico, irrepetible, un universo que no existía, sus fantasmas, sus figuras, sus monstruos, sus criaturas bífidas, sus zoologías, sus botánicas, sus geografías, sus itinerarios, sus aventuras, sus habitantes que, de alguna manera, cubren todo el territorio. No existe la realidad exterior. Los mitos anteriores tampoco existen, sino que únicamente existe este universo mítico que mi enemigo y guía, Davalú, y yo nos hemos lanzado uno contra otro.

Me he levantado tarde. Como ya he hecho otros días, voy paseando desde la casa de Sarrià hacia la plaza del monasterio de Pedralbes. Doy la vuelta a la plaza. Las otras veces no lo he hecho, pero hoy entro a ver el monasterio. Me paseo por el claustro. Busco su serenidad, su maravilloso equilibrio. Es obvio que esto a Davalú no le gusta, porque inmediatamente se revuelve, me hace daño, me devora. Doy unas cuantas vueltas por el claustro, resistiéndome. Busco la calma de esta belleza, pero no lo consigo.

Entonces decido continuar fustigando a Davalú. Decido, como había hecho en Cuba, seguir una estrategia de simulación, y me voy a ver la colección de arte que hay en el monasterio, la colección Thyssen. Sé que no tengo muchas ganas. De hecho, en este estado ir a un museo es absurdo. En La Habana visité la ciudad, pero no entré en ningún edificio. Tampoco aquí siento el menor deseo. Pero lo hago para seguir fustigando a Davalú y continuar burlándome. Él lo sabe y me sigue atacando, sobre todo en medio del hombro derecho.

Sigo los cuadros uno a uno, intentando mantener la calma. Me duele mucho el brazo. Me detengo ante la obra de Fra Angelico. Trato de mirarla minuciosamente. Las líneas perfectas, las ondulaciones del cabello. Trato de observar todos los detalles, fijarme en los más mínimos detalles. Todo para combatir el dolor, todo para burlar el efecto del pulpo que me está estrangulando. Pero no lo consigo demasiado, la operación no acaba de funcionar. Mientras miro la obra, veo también al cangrejo, veo al pulpo, a la serpiente, a los reptiles. Es como si, de nuevo, sobre el cuadro se sobrepusieran los monstruos que me están atormentando.

Lo que se produce es aún más inquietante porque me veo a mí mismo: mis radiografías, el neón y las moscas, la radiografía del cráneo hacia atrás, donde se ha rectificado la columna. Observo también los huesos tallados del otro día, en la resonancia magnética. Miro el cuadro con atención, pero no puedo dejar de ver los monstruos recorriendo mis huesos. Cierro varias veces los ojos.

Mi intención no surte efecto. No consigo distraerlo, sino que, al contrario, me está venciendo esta vez. Continúo el recorrido tratando de mantener la calma, pero ya me doy cuenta de que, evidentemente, la he perdido. Voy muy rápido. Tengo ganas de salir al aire libre. Sin poder más, prescindo del resto de la colección y corro hacia la plaza del monasterio. El aire me resulta benéfico, me calma un poco. Pero, de todas formas, el dolor es suficientemente intenso. Camino con rapidez, como he hecho otras veces, para combatir sus efectos.

Paso el resto del día dando vueltas al hecho de que mi memoria haya sido robada, secuestrada. Y, entonces, se produce algo que hasta ese momento no me había pasado. Deambulando por la casa me encuentro una foto de familia. Me veo de niño. Me veo en la foto con el resto de mis familiares. Y me doy cuenta de que yo también he sido secuestrado, que ya, en cierto modo, no tengo infancia, ni adolescencia. No tengo pasado. No se me permite tener pasado. Y, entonces, sin pensarlo más, decido ir a ver a mi madre. Necesito que me hable de mi pasado.

Me recibe con preocupación, aunque sabe muy poco de mi enfermedad. La miro. Siento que tenga que verme en estas circunstancias. Siento que tenga que ver lo que verá en los próximos días. Nos miramos. Los dos nos hemos hecho mayores. Pero eso no importa. Lo que me importa en estos momentos es que me ayude a restituir la memoria.

Empezamos a hablar. Le pregunto sobre la infancia. Hago preguntas como no había hecho durante años. Los recuerdos de la infancia y las fotos de familia son más bien cosas hacia las que siempre he sentido una gran hostilidad, sobre todo hacia las fotos. En estos momentos, los recuerdos me importan más que nada. Hablamos de los veranos, del mar. Le digo que me hable de las costumbres de los pescadores. Lo hace. Cómo eran las barcas, las redes, cómo se iba a pescar en aquellas pequeñas barcas familiares. Le pregunto con insistencia por los detalles. Hablamos de cómo era entonces el verano, cómo el mar llegaba muy cerca de nuestra casa. Me paso el rato haciéndole preguntas, casi sin dejarla respirar.

Nos miramos de vez en cuando. No sé si ella comprende lo que quiero. Quizá sí. Quizá sabe que, en estos momentos, no sólo es mi madre, sino que es, sobre todo, la matriz de los recuerdos, la única persona que puede hacer de mediadora entre yo y este pasado que he perdido. Creo que lo intuye, no puede ser de otro modo.

Y busco en ella no el amor maternal, sino la materia, la matriz. Busco que realmente me ate. Necesito que me ate porque estoy separado, colgado, estoy suspendido en el vacío. No tengo una posibilidad de conexión física ni espiritual. Sólo a través de esta caza de recuerdos seré capaz de extender un puente, un vínculo que me conecte de nuevo con el tiempo.

Pasamos toda la tarde conversando. Le hago preguntas y dejo que hable de lo que quiera: de la familia, de ramas lejanas y próximas, de anécdotas e historias. Y le agradezco infinitamente que siga hablando y hablando de cosas que, en mi estado normal, no me interesarían o me cansaría de escuchar. Y ella habla y habla, quizá sabiendo que así me está salvando, que así me introduce de nuevo en la red de los recuerdos y de los días.

De nuevo en casa trato de seguir con esta tarea de rescate. Quiero poner un orden incluso cronológico a mi memoria. Pero es curiosa la enorme dificultad que tengo. Antes, escuchando a mi madre, las cosas venían a mí con cierta facilidad. Pero, en cambio, ahora, solo, cada vez tengo más dificultades, más obstáculos. Penetro en un paisaje más y más extraño.

De repente me doy cuenta de que se establece una relación entre mi insistencia en capturar los recuerdos y el dolor que me produce el brazo y el cuello. Es como si, instintivamente, Davalú se rebelara contra mi voluntaria investigación del pasado. Tengo la impresión de que todo lo que hace el pulpo, lo que hace el cangrejo con sus patas, con sus tentáculos, es cortar hilos continuamente. Corta hilos a mi alrededor.

Hacia el atardecer pienso en salir a caminar, pero finalmente me quedo en la cama, muy quieto, casi inmovilizado. Renuncio a los recuerdos. Me doy, de momento, por vencido, porque, en definitiva, mi mente está en blanco.

Más tarde me levanto y me pongo a examinar la documentación que debo llevar mañana en la larga jornada de consulta médica. Tengo que ir a ver sucesivamente a tres médicos en diversos puntos de la ciudad: a un cirujano traumatólogo, después a un reumatólogo, finalmente a un neurólogo. Será la jornada decisiva, necesito llevarlo todo. De una manera compulsiva, examino si ya tengo preparadas todas las radiografías, las resonancias, los análisis clínicos del pasado, toda la documentación burocrática. Todo me lo preparo como si fuera un buen estudiante antes de sus exámenes o como un buen burócrata que ordena su despacho. Sólo me quedo tranquilo cuando veo sobre la mesa ya preparada toda esta documentación.

Necesito que haya un completo orden a mi alrededor. En esto también ha cambiado mucho el escenario. Mientras estaba en La Habana, en el Hotel Nacional, en la habitación, el desorden me iba bien, el desorden de mi propia vida, el caos a mi alrededor. No me importaba que la habitación estuviera desordenada, que la cama estuviera revuelta. En cambio, ahora, aquí, necesito una sensación de orden, incluso administrativo, y que dentro de este orden haya un centro al que todavía pueda apelar. Necesito la sensación de equilibrio. El equilibrio, el centro, el orden; es lo único que, en estos momentos, todavía puede contrarrestar la idea de estar suspendido en un espacio sin gravedad. Necesito saber que existe un punto invisible desde el que guiarme en medio del vacío.

Tengo la curiosa sensación de que, en estos momentos, lo que importa es un enigmático tercer ojo. Un ojo que está fuera de mí, que me mira, que me ve, que me comprende, que me anima a la resistencia, que me anima a la resurrección. Pero un ojo que está y no está en mi cuerpo. Un ojo que físicamente no localizo, un punto de luz que me ilumina desde algún lugar y que es la única fuente de mi fuerza, de mi resistencia. No había pensado en eso. Es una visión nueva la de que realmente exista esta fuente, que es la que me está ayudando, me está dirigiendo y me está guiando en mi lucha contra Davalú.

Todo el resto, el cuerpo, está vencido, subyugado. Sólo hay un punto que ignoro si es, y no me importa saberlo, la conciencia, el alma, el espíritu, la mente, no sé cómo llamarlo. Ahora me gusta más esta imagen de un tercer ojo que no está colocado en medio de la frente porque es un tercer ojo que está dentro y fuera de mí. Pero que, sobre todo, es un punto que todavía está emancipado, al margen del dominio de Davalú y que, desde fuera de este dominio, está dirigiendo de una forma práctica, bélica, la resistencia. Está dirigiendo la lucha, la reconquista.

Es una extraña sensación ver que esto es tuyo y no es tuyo a la vez. Es una fuerza que te pertenece, pero que tampoco está dentro de tu cuerpo porque tu cuerpo está completamente ocupado a excepción de este reducto. Un reducto pequeño, casi inapreciable, pero de una potencia extraordinaria porque consigue contrarrestar la tiranía de la bestia a la que estoy sometido.

Doy vueltas al significado de este punto, de este, según me parece ahora, tercer ojo. Pero el significado no importa. Lo que importa es que existe, lo que importa es que actúa, y el hecho de que exista y actúe me da una enorme seguridad. Y la noche, en cierto modo, me acoge a través de este descubrimiento, de esta seguridad nueva que no había tenido los días precedentes y que ahora me llena de un gozo incalificable. Quizá es como un talismán.

XV

Viernes, veintinueve: me despierto con una energía desconocida. Hoy es un día decisivo para tomar determinaciones. Tengo programadas las tres visitas médicas cruciales a lo largo de todo el día. Primero la visita al cirujano, al centauro. Después a un reumatólogo en el Hospital del Mar. Por fin la visita al neurólogo. Eso me hace sentir particularmente activo, combativo. Hoy, por fin, tomaré decisiones.

Voy hasta el despacho de Félix Lorda, el centauro, como lo he bautizado, en el paseo de San Gervasio. Me recibe con mucha cordialidad y me hace explicar detalladamente cuáles son los síntomas. Le explico todo el proceso, incluso lo que sentí mientras estuve en Cuba. Pero de inmediato veo que le interesa ir al grano: el problema del dolor es importante, pero para él no es decisivo en estos momentos.

Me examina. No pone buena cara ante la reacción de mi brazo derecho. En realidad, no reacciona a los estímulos, no tiene reflejos. Me va examinando con cuidado, detalladamente, frío, impasible, pero afable. A continuación estudia los documentos, las resonancias, el electromiograma. Lo hace todo en un orden estricto: primero la explicación verbal; después, un detallado examen de mis reacciones corporales; finalmente, el examen de los diversos documentos.

Al cabo de dos horas me mira y me dice que la conclusión está muy clara: la intervención quirúrgica es inevitable. La pérdida de masa muscular y de sensibilidad nerviosa la hacen necesaria; el dolor, obviamente, también. Añade que recomienda una intervención precoz. La palabra «precoz» se me queda grabada. Entiendo perfectamente que por precoz, aunque sea un eufemismo, se entiende urgente. Le pregunto con cuánta precocidad. «A principios de la semana que viene, si puede ser.» Entonces entiendo que la urgencia es decisiva. Le interrogo sobre su disponibilidad para hacer la operación. Me dice que tiene que mirarlo, que lo llame el domingo por la tarde a su casa. Me da su teléfono particular.

Entonces le pido que me explique en detalle en qué consiste la operación. Hace un gesto como si quisiera confirmar que quiero saberlo. Lo reafirmo y, cuando le digo que sí, no pienso únicamente en mí. Quiero que lo escuche también quien yo sé, quiero que lo escuche mi enemigo. Le insisto. Cuando ve que estoy dispuesto a saberlo empieza a hablar. Me explica por dónde entrará el bisturí de izquierda a derecha, de delante hacia atrás. Matiza que hay que hacer una protección para la médula. Describe con precisión cómo avanzará hacia su objetivo.

Trato de captar todos los detalles para absorberlos en mi interior. Imagino la intervención quirúrgica como si fuera un duelo, como si realmente el bisturí del que estamos hablando fuese la espada que ha de avanzar hacia el corazón de mi enemigo. La espada que avanza hacia el corazón de Davalú. Me siento como los oficiales que preparan cuidadosamente el plan de una batalla que creen que pueden ganar y de la que quieren saber todos los detalles. Quieren saber por dónde irá la infantería, por dónde la caballería, cómo se desarrollará la estrategia del combate. Para mí, lo que me está explicando técnicamente el centauro es la pintura de un combate.

La espada avanza, el ejército avanza y siento que Davalú se agita. No sé si cree en su posible derrota. Yo confío en mi victoria, confío en que la espada llegue hasta el corazón de la bestia. Curiosamente pienso menos en el riesgo de una intervención en una zona tan delicada. No consigo pararme en la imagen del bisturí que me entrará entre la cabeza y el tronco, un lugar lleno de dificultades, lleno de puntos neurálgicos. Pienso mucho más en el campo de batalla, en los ejércitos desplegándose, en la espada danzante, pienso en la visión de Davalú retrocediendo, escondiéndose, del cangrejo contra la pared, rodeado, asediado, a punto de ser atravesado.

Toda la explicación del centauro se transfigura en cuanto se sumerge en mi interior. La espada mata, salva, rehace. La herida, cada vez más profunda, me devuelve a la sensibilidad y al amor. Rescata la memoria y, con el pasado, vuelve la posibilidad del futuro. Mi venganza es doble. La espada avanzando hacia el corazón de Davalú y, al mismo tiempo, la memoria deshaciendo la materia de estos días: sus visiones, sus sufrimientos. Quiero matar y recordar, quiero destruir y recordar: una venganza y la otra se mezclan. Paradójicamente veo la inminente operación como un acto de restauración. Es un renacimiento. Regreso a mi cuerpo tras haber sido expulsado.

Después de dejar el despacho del centauro, cruzo la ciudad. Voy hasta el Hospital del Mar. Trámites rápidos: inmediatamente me recibe el reumatólogo, el doctor Torres. Sigue la misma metodología que el centauro. Primero escucha; después me examina haciendo casi los mismos gestos, casi los mismos comentarios; al final estudia la documentación. Una visita casi idéntica a la anterior. Nos sentamos. Me dice que él, por lo general, como reumatólogo, al contrario de los traumatólogos, tiende a la opción más conservadora. Cuando no es un caso absolutamente necesario él no recomienda la operación. Da algunas vueltas y hace algunas digresiones. Le interrumpo: «pero, ¿en este caso?». Dice: «en este caso sí, en este caso, operación». Después viene la segunda pregunta: «¿con qué urgencia?». «Urgente.» Después de las digresiones anteriores ahora es extremadamente lacónico. Yo tampoco esperaba otra respuesta. La urgencia me da serenidad.

Dejo el despacho del reumatólogo. El doctor Torres me acompaña un rato. Veo el mar a través de los pasillos. Este mar de la Barceloneta, tan conocido, me recuerda el del Malecón, La Habana. Estas ventanas que dan al mar de Barcelona se confunden con aquella ventana en la que estuve obsesivamente parado mirando el mar, más allá del Malecón, en dirección a La Habana Vieja. Pero es un instante. De inmediato procuro que se desvanezca esta visión. No es el momento de regresar a ese pasado, es el momento de la acción. Se imponen las decisiones. Trato de eliminar cualquier vínculo con aquellos días. Quiero que exista el futuro.

Aprovecho un par de horas libres antes de ir a ver al tercer médico, el neurólogo, para hacer las últimas gestiones burocráticas. Voy a la compañía de seguros y, sin dudarlo, pido la hospitalización para el lunes. Pienso que el lunes se realizará cuando menos la preparación de la operación. Estoy convencido de que la operación será el martes y de que el día anterior por la tarde ya estaré allí para hacerme las pruebas preliminares.

Una vez he hecho esto estoy más tranquilo. Como hace una tarde soleada, me apetece caminar un poco. Subo tranquilamente por el Paseo de Gracia, aunque me da aprensión encontrar gente, sobre todo por las preguntas que puede provocar la minerva, mi compañera inseparable a lo largo de estos días.

Cuando estoy a la altura de la Librería Francesa, en el Paseo de Gracia, tiene lugar un encuentro inesperado. Me encuentro con Eva, la más reputada belleza de los años de estudiante. Mucho tiempo después quedan aún rastros notables de aquella belleza. Continúa como antes: arrogante, simpática, neurótica. Me dice que estoy muy elegante, que me ve muy bien. Es una salida típica de ella. Le contesto que yo también estoy encantado por su presencia. Como mira la minerva, añado que tengo una afección en el cuello, sin entrar en detalles. Me dice que es maravilloso, esto, que tenemos que ir a tomar un café inmediatamente. Trato de evitarlo, pero, con su entusiasmo, no puedo.

Entramos a tomar un café en un bar. Intento disimular mi situación, pero, para castigarme, Davalú se despierta de pronto. A pesar del dolor estoy decidido a disimular. Eva habla y habla: de música, de discos que acaban de salir, de libros. Habla como siempre, espasmódicamente, demasiado rápido, demasiado nerviosa. Siempre me ha dado la impresión de que se ponía muy nerviosa cuando hablaba conmigo. Ella me lo confesó una vez. Pero ha pasado mucho tiempo.

En aquella época me habría gustado que me hubiera exigido ir a tomar un café. Ahora era una carga para mí, pero una carga que me veía obligado a mantener, que me iba bien porque se parecía a mis representaciones en Cuba. Procuro escucharla con atención, incluso como si continuara aquel viejo juego de seducción. Quizá todavía se lo cree. No sabe que ahora, el juego, no va destinado a ella, sino a Davalú. Es pura comedia para enfurecerlo.

Lo consigo, ya que la media hora transcurre lenta, terrible. Por fin nos levantamos. Pero cuando voy a pagar noto, una vez más, la enorme dificultad para mover el brazo derecho. No le había dicho nada y hago todo lo posible para coger el dinero. Está a punto de caérseme todo. Finalmente salvo como puedo la situación. Ella, pienso, en ningún momento se da cuenta de la inmovilidad de mi brazo. Ni ahora, en el momento de pagar, ni durante todo el tiempo que he mantenido la comedia.

A la salida no me deja que continúe andando hasta la casa del neurólogo. Quiere llevarme en coche. Es un grave error aceptar. Ir en coche se me hace insoportable. Hay mucho tráfico, el espacio es claustrofóbico. De pronto, estoy muy agresivo y me cuesta mantener la calma. Davalú reacciona, se venga de mi burla. Dentro del atasco es horrible soportar la conversación. Estoy mudo mientras Eva sigue hablando de música, de compositores, de discos, de las últimas novedades. Mi silencio es total mientras aprieto los dientes. Ante la casa del neurólogo me despido con la mayor dignidad posible. Fuera del coche el aire frío me hace reaccionar. La despido con la mano, sonriendo.

Subo antes de hora al despacho del doctor Sales. Nos conocemos desde hace tiempo y me recibe amistosamente. Es un despacho muy distinto de los dos anteriores, que eran asépticos y modernos. Éste es una mezcla de gabinete del siglo XIX y de tienda de antigüedades. Hay instrumentos científicos, un esqueleto entero y dos cráneos. Pero sobre todo me llama la atención un grabado que representa a una joven moribunda en la cama, atendida por un médico que está a su lado.

Se repite la liturgia de las visitas anteriores, aunque con ciertas variaciones: después de conversar hace un análisis de la documentación y, finalmente, la prueba más decisiva desde su punto de vista. Me hace un examen corporal de las reacciones nerviosas y táctiles. A diferencia de los otros dos médicos, también me examina las reacciones de los pies. Yo, como también había hecho con anterioridad, trato de engañarlo haciendo que reaccionen partes de mi cuerpo que en realidad no reaccionan, sobre todo el brazo derecho.

El examen es muy cuidadoso, punto por punto. Me pincha con una aguja en varios lugares del pie, después también de los brazos. Mientras lo hace habla difusamente de otras cosas. Le gusta la astronomía y se ha comprado un moderno telescopio. Se pasa horas y horas con él. No sé si realmente quiere informarme de sus descubrimientos astronómicos o quiere desviar mi atención respecto al diagnóstico. Llega un momento en que no sé de qué me habla porque estoy sometido al miedo del enfermo ante el diagnóstico, al terror del enfermo ante la ambigüedad.

Delante de mí llama al centauro. Casualmente son de la misma promoción de la Facultad de Medicina. Entiendo todo lo que dicen, hasta que empiezan a hablar en términos muy técnicos. Aumenta el terror: tengo la impresión de que ponen ante mí una coraza lingüística para que no los entienda. Quizá sean imaginaciones mías.

La conclusión del doctor Sales es la misma. También él recomendaba la operación y la urgencia. La novedad es que cree que puede mitigarme el dolor con tres inyecciones sucesivas de cortisona muy fuertes. A la salida voy de inmediato a una farmacia. Me recomiendan una practicante, después de comprar el medicamento. En la dirección que me dan me recibe una mujer con chándal de colores llamativos que me conduce a una salita pequeña y sórdida llena de trastos. Oigo ladrar un perro mientras me clava, lenta y penetrante, la larga aguja que me inocula la cortisona.

Dentro del taxi que me lleva a casa pienso que me sobra el fin de semana: no servirá ni para el delirio, ni para la racionalidad. Quiero que llegue el lunes para empezar la batalla definitiva, el asalto final contra Davalú.

XVI

Por la noche recuerdo la imagen de aquel grabado que había en el despacho del doctor Sales, el del médico sentado en la cama de una chica enferma. Lo tengo presente con gran claridad. Es una imagen morbosa, pero casi mágica. Tiene su encanto.

El grabado hace que le dé vueltas a la idea de enfermedad. Es curioso que durante todos estos días no me haya considerado enfermo, no haya pensado nunca que lo que me pasaba era una enfermedad. Y, de hecho, ahora tampoco lo considero. Una enfermedad te lleva a un proceso de desequilibrio distinto. No deja de ser sorprendente, ya que, desde el punto de vista de los demás, probablemente la definición de mi estado sería estar enfermo. En cambio, yo en ningún momento lo he considerado así.

Esta joven en la cama, con el médico preocupado mirándola, me recuerda la historia de la enfermedad, todos los comentarios que uno escucha sobre los enfermos y que después resultan inaplicables, al menos para uno mismo. La extrema singularidad de cada situación niega las afirmaciones generales. Las descripciones médicas, científicas sobre la enfermedad llevan a generalizaciones que, después, no se dan en los casos concretos. Eso todavía es más evidente en el caso del dolor. Yo, durante todos estos días, he tenido una relación estrecha con esta palabra; no con la enfermedad, como tampoco la he tenido con la muerte. Sí con el dolor, y el dolor es aún más singular, más individual, más diferente en cada persona. No creo que pueda haber comunidad en el dolor. No creo que pueda haber tampoco auténtica expresión del dolor.

Esa constatación me lleva de nuevo a mi obsesión por retener las imágenes del dolor. ¿Seré capaz de hacerlo? ¿Seré capaz de recordar con exactitud estas imágenes? ¿O eso es realmente imposible y lo que se da en uno mismo es, en cierto modo, irreproducible? De hecho, no es distinto a otras cosas. La experiencia mística, cuando existe, la experiencia erótica. Después las podemos recordar con imágenes más o menos poéticas. Pero ya son evocaciones, ya son reproducciones. No es lo mismo. La experiencia del dolor es parecida.

En mi caso, la preocupación por recordar es, desde el principio, un ánimo de venganza, lucha. Quiero recordar para vengarme, incluso para vengarme literariamente. Quiero que sea conocido, que no sea secreto. Precisamente una de las armas del dolor, una de las armas de Davalú es el secreto, el carácter inexpresable de sus acciones. Y yo quiero que este secreto sea revelado, para que no quede impune.

Sin secreto, el dolor es menos eficaz. El dolor retiene toda su eficacia demoledora cuando consigue cerrar el círculo de la intimidad. Quiero romper este círculo, quiero expresar, quiero difundir, quiero comentar, sobre todo quiero describir en qué consiste el asedio del dolor. ¿Cómo sería un cuadro del dolor, un grabado del dolor? La historia de la pintura tiene muchos cuadros, muchos grabados sobre la muerte. Es uno de sus temas favoritos. También sobre la enfermedad. Es uno de los grandes temas de la pintura, sobre todo de la moderna.

Recuerdo ahora el cuadro de Edvard Munch con un tema parecido al del grabado del doctor Sales. El cuadro de una chica que ha muerto. Pero ¿cómo sería la representación del dolor? ¿Cómo ha sido la representación del dolor? Probablemente con imágenes de locura, de retorcimiento. Ha habido algunas, pero no son verídicas. El dolor no ha sido pintado, no ha sido representado porque es irrepresentable, incluso mediante metáforas.

El dolor es puramente una pintura interior, inexpresable desde el punto de vista del espacio pictórico. Si repasamos la historia de la pintura no hay ninguna del dolor. Hay una pintura de la violencia, de la guerra, de la destrucción, pero no se ha podido pintar el dolor. Munch quiso pintar el grito, eso que Schopenhauer creía que no se podía pintar. Munch quiso pintar el grito. Pero nadie ha pintado el dolor, nadie ha conseguido pintar directamente la esencia del dolor.

Sábado, treinta: cuando salgo a la calle se me hace evidente que el dolor ha disminuido. Por primera vez en estos quince días siento una disminución de su intensidad. La atribuyo a la cortisona. En cualquier caso, lo cierto es que, por primera vez, tengo esta sensación de una manera relativamente estable. Es como si Davalú estuviera a la defensiva, parado, como si estuviera arrinconado y acobardado. Veo a Davalú en el rincón del ring, contra las cuerdas.

Esta visión me produce una especie de euforia tranquila. Me voy a caminar, dando el paseo de otros días entre Sarrià y la plaza de Pedralbes. Tengo ganas de volver a ver el Fra Angélico. Quiero ver el Fra Angélico de nuevo sin todos los monstruos del otro día. Necesito constatar que puedo contemplarlo sin el poder de los monstruos.

Entro de nuevo en el monasterio. Esta vez hago el recorrido en sentido inverso. Miro la parte de la colección que el otro día abandoné precipitadamente y llego a la parte central, donde está el cuadro de Fra Angélico. Por suerte no hay prácticamente nadie. Me puedo quedar tranquilamente a esperar.

Mi brazo continúa sin un dolor intenso; es un dolor leve, soportable. Miro detenidamente el cuadro; está en su sitio, sin interferencias, sin mediaciones monstruosas. Me paso el rato mirando los detalles con una delectación extraordinaria. Espío cada uno de los rincones del cuadro. Quizá esté media hora, quizá cuarenta minutos, no lo sé. Un tiempo incluso exagerado: estoy al acecho de los monstruos. Pero los monstruos no surgen y eso me llena de satisfacción.

Hacia el final de la tarde entro en un estado de somnolencia y, en medio de mi aturdimiento, como un relámpago, aparece el paisaje de un sueño. Es un verano de mi infancia y yo me he caído de la bicicleta después de chocar con unas vías de tren oxidadas. Me han puesto la vacuna contra el tétanos. Estoy en la cama, con la cara y el pecho llenos de sangre. Me parece que lloro o estoy a punto. A mi lado está mi abuela que me pone su vieja mano sobre la frente. Pero detrás de ella hay una figura, mucho más clara, que habla. Es aquella mujer alemana, la señora Dorotea, que nos llama tanto la atención porque, aun siendo viejísima y estar llena de arrugas, se baña como las mujeres jóvenes. De hecho está allí, en mi habitación, con su traje de baño amarillo y negro y con sus infinitos pliegues en la piel. Me mira y se ríe. Ríe mucho. De vez en cuando se inclina sobre mí para exclamar que el dolor no existe, que sólo está en la mente. No sé qué hacer porque creo que se ríe de mí. Miro a mi abuela que me toca la frente. La señora Dorotea sigue diciendo que el dolor no existe y el eco se extiende por todo el sueño: no existe, no existe, no existe.

XVII

Domingo, uno de diciembre, Davalú sigue a la defensiva, arrinconado. Ha disminuido, creo que por primera vez, el dolor. Quizá esta disminución corresponda al miedo que siente Davalú ante la perspectiva inminente que se está abriendo.

La batalla se presenta con augurios favorables. Me hace feliz esta disminución del dolor, pero al mismo tiempo estoy impaciente por llegar al asalto definitivo. El domingo se convierte en una larga espera. Davalú está como escondido, al acecho, y eso me permite mejorar mi actitud exterior. Por primera vez en todos estos días soy capaz de experimentar emociones normales. Ana responde con sabiduría: la ternura actúa, y la complicidad, a pesar de que las barreras, los muros levantados, son imponentes. El muro físico, de la sensibilidad, el muro de mi propio aislamiento. Trato, sin embargo, de superarlo, trato de que comprenda. Ella no es culpable de que yo haya puesto las exigencias en un terreno totalmente inalcanzable, imposible. Aun así, la reanudación del diálogo de los cuerpos me anima considerablemente. Quizá pronto volveré a sentir el amor, lejos del dominio de Davalú.

Cuando pienso en los próximos días también, por primera vez, puedo pensar en cierta capacidad de futuro. Es obvio que, en estos momentos, está cambiando mi cuerpo y que los efectos del cangrejo no son tan fuertes. No sé si es sugestión, no sé si es la inminencia de lo que tiene que pasar. No sé si es la cortisona, no sé si es mi propia actitud. Pero, de hecho, me parece ver grietas en la prisión donde he estado encerrado. Es como si hubiera vencido una batalla que todavía no he vencido.

Por fin llega la hora en la que tengo que llamar al centauro. Estoy excitado con esta perspectiva. Cuando lo llamo se confirma plenamente lo que ya intuía: si quiero se puede hacer mañana la hospitalización y me operaría pasado mañana a las ocho y media de la mañana. Le digo que estoy de acuerdo.

Creía que nuestra conversación telefónica se acabaría de inmediato, pero el centauro tiene ganas de hablar. Me explica que aprovecha esta tarde de domingo para leer una historia de los anfibios. Ante mi sorpresa me dice que los anfibios son su pasión y que hizo su tesis doctoral sobre su evolución. Más en concreto: sobre la evolución del cuello de los anfibios y su movilidad en el agua y la tierra. Cree que es un rastro remoto que lleva hacia nuestras vértebras cervicales. Mientras habla me veo yo mismo como un anfibio, huyendo de la tierra en dirección al mar. Le interrumpo para decirle que no pensaba que los anfibios hubieran evolucionado en la dirección correcta. Ríe. Está de acuerdo: en el agua no tendríamos problemas de espalda. Somos víctimas de la fuerza de la gravedad y, sobre todo, de la arrogancia de habernos puesto de pie. Reímos los dos.

Cuando cuelgo el teléfono estoy eufórico, tanto que no puedo quedarme en casa. Tengo que salir a pasear. Camino por las calles de Sarrià, sin rumbo, pero con la enorme satisfacción de que todo se precipita. El combate final está a punto de empezar. Creo que Davalú está acobardado ante la batalla que se plantea. Y eso me da una enorme vitalidad.

En consecuencia, no me planteo la operación en términos quirúrgicos, ni tampoco sus riesgos. Sólo pienso en la necesidad de llegar pronto con la espada al corazón de la bestia, a la destrucción del monstruo que me ha estado atormentando a lo largo de todos estos días. Tengo una fuerza desconocida. Camino de noche por las calles de mi barrio, pero me doy cuenta de que el mundo somos él y yo, el monstruo y yo, Davalú y yo.

Así ha sido durante estos días. Me ha obligado a entrar en una dinámica maldita y diabólica. Tengo ganas de terminar, pero para hacerlo, previamente, hay que pasar la prueba definitiva. Y mientras camino pienso en esta intimidad, en este diálogo horrible al que he estado sometido y que me ha obligado a estar separado de todos. Pero cuando vuelvo a casa estoy tranquilo. De hecho, es la primera noche que consigo dormirme enseguida.

XVIII

Cuando me despierto el lunes, día dos, estoy bastante sereno. Confirmo que el dolor ha disminuido y me preparo para ir a la clínica, aunque antes tengo que pasar por el despacho del centauro a buscar unos informes que me tiene que dar su enfermera. Preparo con calma mi bolsa, como si me fuera de viaje. Pongo las cuatro cosas imprescindibles.

Cojo un taxi con la sensación de irme lejos. Estoy muy tranquilo: el brazo casi no me duele; el cuello, tampoco. En el paseo de San Gervasio recojo los documentos de la enfermera que me recibe en el despacho del centauro. Con el mismo taxi, que me está esperando, continúo el camino hacia la clínica Quirón. Antes de llegar, cuando ya ha parado el taxi, veo que hay cerca una tienda de electrodomésticos. Compro una grabadora pequeña, como la de los periodistas. Compro también una docena de cintas.

Y una vez tengo el último objeto que me faltaba, que meto en la bolsa, entro en la clínica. Presento el volante para la hospitalización. Espero en la sala. Tengo la impresión de estar de nuevo en un hotel. Estoy en otra ciudad, de viaje. Espero. Al cabo de media hora se han hecho los trámites. Subo a la habitación que me han destinado.

Me quedo solo, deshago la bolsa como si estuviera en un hotel. Lo preparo todo de la manera que me pueda ser más fácil seguir el plan previsto. Dejo a mano la grabadora con algunas de las cintas. Recordaré, lo recordaré. Quiero recordar inmediatamente. Quiero dedicar los días posteriores a la operación a imponerme la disciplina del recuerdo. Pienso dedicar esta noche, la noche anterior a la operación, a hacer un repaso exhaustivo de lo que han sido todos estos días. Lo quiero hacer de forma que después no se me escape nada como consecuencia de la anestesia. Quizá después todavía recuerde cosas que ahora no recuerdo.

En todo caso, para desquitarme, el objeto que dejo más a mano en la mesita de noche es la grabadora. Me da seguridad frente a lo que se acerca. Como con apetito lo que me traen. Pregunto por el programa de las pruebas previas que debo hacer para la operación. Empezarán enseguida, a primera hora de la tarde. Estoy tranquilo, estoy contento de que sea así, seguro que cada una de estas pruebas será un avance más contra Davalú. Producirá un efecto en su ánimo, lo empezaremos a destruir.

Por la tarde me hacen las pruebas sucesivas: el análisis de sangre, el electrocardiograma, las radiografías del tórax. A cada una de las pruebas me someto con el mismo espíritu bélico, como si estuviera en pleno despliegue de un ejército en el campo de batalla. Las veo como si realmente se estuviera desplegando mi ejército: la caballería, la infantería, las alas que lanzarán el asalto.

Pregunto después de cada prueba: constato con satisfacción que hay luz verde para hacerme la operación. Es como si la formación militar fuera confirmando sus puestos. Mi estrategia se cumple.

Creo que todo este proceso aumenta la impotencia de Davalú. Está callado, arrinconado. Irónicamente estoy a punto de operarme en el momento en que el dolor casi ha desaparecido. Pero sé que eso es sólo una trampa, un espejismo. Sé que él está ahí, que está dentro de mí, silencioso, acobardado. Estamos llegando al tramo culminante de nuestro duelo.

Por la noche me despido de Ana y de algunos amigos que han venido a verme. Estoy de muy buen humor y creo que consigo contagiarlo. Hablamos despreocupadamente. Escondido Davalú bajo el terror de su eventual destrucción vuelvo a sentir la fuerza de los afectos. Sobre todo vuelvo a sentir el cuerpo de Ana que se inclina sobre el mío.

Hacia las diez me quedo solo. Una enfermera me administra un somnífero y algún otro medicamento. Tengo que estar en ayunas; por lo tanto, no ceno. Cuando se va la enfermera me doy cuenta de que será muy difícil que duerma porque estoy muy excitado. Tengo una sensación intensa: una mezcla de euforia, de tensión, de esperanza.

Pienso en Davalú y en su calma actual. No siento ningún dolor. Puede iniciarse, creo, mi rápida venganza: no empezaré a grabar después de la operación, sino que lo haré esta misma noche. La euforia hace que me ponga de inmediato a trabajar. Recordaré, recordaré.

Davalú está en silencio; ahora hablo yo. Es el momento de pasar a la ofensiva. Cojo la grabadora que había dejado en el cajón de la mesita de noche y pongo la primera cinta. Hago un último repaso mental de lo que llevo aprendido día a día. No sé cuánto podré recordar. Quiero hacerlo por orden, desde aquella noche en la que me hice la primera radiografía y vi mis huesos en la pantalla de neón y vi las moscas sobre la pantalla. Quiero hacer una grabación ordenada: que la memoria siga el orden más estricto posible, aunque soy consciente de las dificultades, ya que el flujo de la memoria es siempre caótico.

Antes de empezar a grabar hago casi un ejercicio de ascesis. Durante un rato no miro el reloj, no me importa. Por suerte tengo la memoria fresca, estimulada por la excitación de esta noche. La nitidez de las imágenes me da valor. Cuanto más disciplinada tengo la memoria, cuanta mayor capacidad tengo para cazar las escenas que ahora afluyen, vertiginosas, más derrotado está Davalú. Él me ha querido robar la memoria, me ha querido condenar a una especie de eterno presente. Ahora, si puedo recordar, lo acorralaré, lo asediaré.

Cuando ya estoy seguro de tener un cierto orden, enciendo la grabadora y empiezo a grabar en voz baja. Por fortuna es un aparato muy pequeño que puedo mantener en la mano izquierda sin cansarme. Y así, de una manera mucho más veloz, meticulosa, mucho más exacta de lo que yo mismo preveía, empiezan a resurgir los acontecimientos de estos días.

Y todo pasa delante de mí como por una pantalla. Estoy en la cama, inmóvil, mientras veo y recuerdo. Hablo a lo largo de horas. De vez en cuando, paro el aparato para hacer nuevos ejercicios de memoria. El somnífero no sólo no me ha hecho ningún efecto, sino que parece que haya excitado mi capacidad para percibir y recordar. Me molesta el ruido del tráfico que se oye procedente de la calle. Los coches derrapan en la subida de la Avenida de Montserrat que hay delante de la clínica. Es el único ruido que oigo mientras continúo grabando con enorme facilidad. Los recuerdos estaban muy presentes. Está claro que toda mi obsesión por recordar da sus frutos. Inconscientemente yo mismo había disciplinado la memoria de estos días.

Paso horas y horas. No miro el reloj ni tengo ninguna conciencia del tiempo. La persiana está bajada. No sé si estamos llegando ya a la mañana. Hasta que se produce la irrupción de una enfermera. Queda un poco extrañada al verme con la grabadora. Le digo que estoy escuchando música. No acaba de entenderlo muy bien, pero no dice nada. Me administra una inyección. Le digo, por decirle algo, que se oye mucho ruido en la calle. Pero veo que tampoco es una persona a la que valga la pena dedicar más de un minuto. Se va, seca, sin ninguna simpatía. No me importa, sigo grabando, deshaciendo el calendario de estos días. Avanzo y deshago. Y estoy contento porque sé que estoy ganando los aspectos fundamentales de la batalla.

Davalú calla, a la defensiva, quizá a la desbandada. Los dos luchamos hasta que por una rendija que ha quedado en la persiana entra un poco de luz azulada. Entonces miro el reloj, son las siete y media. Dejo de grabar.

Enseguida llega Ana. Está muy nerviosa. Yo, en cambio, estoy absolutamente tranquilo, un poco exhausto después del ejercicio de esta noche. Hablamos un rato. Me pregunta si he dormido. Le digo que muy poco. En realidad ni un solo minuto. Esperamos en silencio. A las ocho se abre la puerta. Entra el centauro. Está como siempre, impasible. Me pregunta cómo he dormido. Le contesto que lo importante es saber si ha dormido él. Dice: «he dormido como un tronco». Digo: «entonces adelante». Me esperará abajo. Se va. Pasa un cuarto de hora mientras se acelera el proceso final.

Me avisan que me vendrán a buscar de aquí a pocos minutos. Me quito el pijama, me pongo los calzoncillos de papel y la bata de papel verde abierta por detrás. El sombrero de plástico todavía no me lo pongo, me parece demasiado ridículo. No sé por qué me recuerda al lobo del cuento de la caperucita roja, al lobo haciendo de abuela. Al cabo de unos minutos llegan una enfermera y un par de camilleros. Me ponen en la camilla. Estoy tranquilo. Me despido de Ana. Estos días se han sucedido varios muros entre nosotros, pero ahora siento su fuerza.

De pronto empieza el vértigo. No sé por qué. Me arrastran muy rápido por el pasillo. Los pies desnudos me sobresalen de la camilla, es demasiado corta para mí. Todo sucede vertiginosamente. Un ascensor, bajamos por el ascensor. Otro pasillo, otro ascensor. Llegamos al departamento de quirófanos y me dejan en una sala.

Hay un movimiento incesante. No sé por qué hay tanto movimiento. Hace mucho frío. Todos van con batas verdes. Es como un bosque de batas verdes, de hombres y de mujeres que se mueven nerviosa, aceleradamente, de un lado a otro. No entiendo el motivo de toda esta velocidad. A mí me sigue obsesionando el hecho de que mis pies sobresalgan de la camilla y, más allá de mis pies, veo la gente que se mueve como muñecos. Así permanezco unos minutos solo, con un frío extraño, de formol, de cámara. Siento curiosidad por el gran movimiento a mi alrededor. ¿Por qué se mueve tanto la gente? ¿Cuántas operaciones puede haber al mismo tiempo? ¿Por qué se mueve tanto?

Finalmente, viene una enfermera, vestida también de verde. Yo ya me he puesto el gorro de la abuela de la caperucita roja. Estoy tumbado. Entonces la enfermera me pide el brazo. Le doy el brazo izquierdo y me pone una inyección para la anestesia. Le digo que hace frío y ella me dice que a los cirujanos les gusta el frío en el quirófano. Me lo dice con amabilidad. Pregunto si eso me hará dormir. Me dice que no me preocupe, que con toda seguridad me hará dormir. «Pues me vendrá muy bien, porque llevo muchas horas sin dormir bien.»

Me sorprende un poco verme tan sereno. Cuando miro a la enfermera, ella también me está mirando. Me pongo a reír. La enfermera me mira divertida, extrañada de que alguien pueda reírse en tales circunstancias. Eso, no obstante, también la hace sonreír. Ella no sabe el motivo de mi risa. Veo la batalla, el final de la batalla y río porque veo la espada avanzando, avanzando lentamente, abriéndose paso a través de mí, abriéndose paso por el campo de batalla, avanzando, avanzando. Y veo a Davalú contra la pared, acorralado. Y veo a Davalú totalmente derrotado después de haberme perseguido durante horas y horas, días y días, después de haberme perseguido a lo largo de miles de kilómetros. Lo veo vencido y río porque la espada, avanzando lentamente, penetra ya en su corazón.

INTERVENCIÓN: paciente en decúbito supino. Abordaje de la columna cervical por vía antero-externa izquierda, premastoides, con sección del omo-hioides; la arteria tiroidea no aparece en el campo operatorio, por lo que NO se sutura. Localización del espacio intersomático C5-C6 con el amplificador-TV, extracción del disco correspondiente que presenta una gran extrusión del núcleo pulposo en situación retroforaminal derecha; cruentación de las plataformas somáticas adyacentes y artrodesis intersomática con injerto heterólogo (Surgibone); osteosíntesis intersomática con placa de titanio y cuatro tornillos de 18 mm. Cierre por planos reconstruyendo el omo-hioides; se deja colocado un drenaje aspirador tipo Redon. Collarín cervical de alargador de plástico. Sin complicaciones operatorias. No requiere transfusión sanguínea.

Pronóstico evolutivo: creemos que la afección se ha tratado con la suficiente rapidez para que no se produzcan secuelas deficitarias sensitivomotoras.